今朝子の晩ごはん

松井今朝子

ポプラ文庫

はじめに

いまだ味わったことのない味を体験したい！　その情熱こそが、日々のエネルギーの源。小説の執筆に追われながらも、ＴＶの料理番組チェックは忘れません(笑)。

自らモニターを買って出て、日々新たなレシピに挑戦しつづけた晩ごはんの内容をタイトルに、そのつど気になったニュースネタ、見た芝居、映画、ＴＶ番組等々に本音でいちゃもんをつけるのがブログ「今朝子の晩ごはん」です。おいしいお店の情報もございます。

さて私にとって激動の年となった二〇〇七年。この本では一月から六月までのブログを、いっきに公開いたします。

＊　本文中「ＱＰ」とあるのは、テレビ料理番組『キユーピー3分クッキング』のことであります。

今朝子の晩ごはん　目次

今朝子の晩ごはん

二〇〇七年　一月

◆今月の舞台
『MANSAI解体新書Vol.10』
『桂小米朝のモーツァルト！モーツァルト！』
『コリオレイナス』
『朧の森に棲む鬼』
『私はだれでしょう』

◆今月のニュース
英国気象庁、エルニーニョによる気温上昇を予測
歯科医宅でバラバラ殺人
東国原英夫氏、宮崎県知事に就任
柳沢厚労相が「女は子どもを産む機械」発言

◆今月のTV
『華麗なる一族』

一月一日（月）　おせち、白味噌雑煮

おせちは祇園「川上」製。白味噌は京都「石野」製。

一月二日（火）　おせちの残り、お雑煮ほか

ＮＨＫの歌舞伎座生中継で勘三郎の『鏡獅子』を見ながら食事。

去年の正月に歌舞伎座の特別舞踊会で見た勘三郎の『鏡獅子』は驚くほど不出来だったし、先月の京都顔見世の『娘道成寺』も見巧者の間でさんざんの評判だったから、この役者も今後はいったいどうなることやらと案じられたが、今日はさすがに引き締まった舞台を見せられてほっとひと安心である。去年の『鏡獅子』は前から四列目のど真ん中で見たにもかかわらず気持ちがちっとも集中できなかったのに対し、今宵はＴＶの画像を通しても気を逸らす暇がないほど充実していて、「時しも今は牡丹の花の」以降で躰の使い方にすこし品がなくなるのは気になるものの、全体としては間然とするところのない仕上がりだった。まあ、歌舞伎座の正月興行でこの人の『鏡獅子』がまずかったら歌舞伎はもうオシマイで世界遺産から外したほうがいいくらいだが……。

ところでゲストの山田洋次監督が今後歌舞伎の映像化にかなり積極的に取り組んでいくらしい松竹の方針をアピールしたのはともかくも、現在上映中の『武士の一分』の映像まで流したのにはちょっとビックリで、以前のNHKなら一私企業の宣伝にひと役買うようなことはけっしてしなかったはずである。こうした点のモラルを甘くしつつ、なおかつ受信料支払いの国民義務化を目論むってどうよ！　と正月早々私はその矛盾にいささか呆れてしまったのであります。

一月三日（水）　チキンとほうれん草のカレー

毎年正月三日は近所の小さなカレー屋でテイクアウトすることに決めている。おせちのあとにどうしてもカレーが食べたくなるのはひと昔前に流行ったCMのせいだろう。

食事後はやっぱり日テレの『ものまねバトル』を見てしまった。これまた昔からどうしても「物まね」番組を見たくなるのはなぜなんだか自分でもよくわかりませんが、洋の東西を問わず「物まね」は演劇の原点とされており、私が知るかぎり役者さんは皆ふしぎと「物まね」がお上手で、インタビューや何でもない打ち合わせの中でも時にさらりと誰かの物まねが飛びだしたりするから、こっちはちょいと得した気分になったものである。ところで今日の『ものまねバトル』の白眉はゲストの清水ミチコだろう。ネタは相変わらずだが、運びとオチの巧さで新年早々おおいに笑わせてもらった。

一月四日(木) バーニャカウダ風ホットサラダ、焼き餅ほか

とにかくサラダが食べたくなって作ったオリジナルレシピである。ジャガイモ、カリフラワー、パプリカ、エリンギはそれぞれ電子レンジで加熱。ドレッシングは牛乳で柔らかくなるまで煮たニンニクとアンチョビとオリーブ油を混ぜ合わせて胡椒をきかせたもの。ベビーリーフをトッピング。

一月五日(金) 餅の鉄板焼き、蒟蒻ステーキ、鮎の甘露煮ほか

餅はベーコン、長ネギ、シイタケと一緒に焼いて酒と醤油で味つけ。甘露煮はもらい物。年末から拡張した胃をなだめつつなんとかダイエットをはかろうとしているのが見え見えのメニューである(笑)。

フジテレビの金田一耕助シリーズ『悪魔が来りて笛を吹く』を見ながら食事。このシリーズはTV制作でも相当に凝った映像で見応え十分だし、榎木孝明の椿子爵は今や本格的な映画でもこれ以上は望めない絶妙のキャスティングだろう。

もっともひと昔前はとても怖かった横溝正史だが、近ごろは現実のほうがはるかに恐ろしくて、年始早々またしても近親間で猟奇的殺人が起きるなど、本当にろくな事件がないのだけれど、私が個人的にいちばんショックを受けたのは、英国の気象庁がエルニーニョの発生を正式に認めたことである。かくして今夏は異常な猛暑が予想されるというのもぞっとするし、当面それ以上に心配なのはガラパゴスである。ガラパゴスはエルニーニョの発生源に近いからまともに打撃を受け、前回のエルニーニョでは海水温度の上昇によって大量の海イグアナやペンギンが死んでしまったという。二月に旅行を予定してるのでとても他人事ではありません。

一月六日（土） 鱈ちり

今日は寒いのでこのメニュー。地上波で見ていられそうな番組が皆無のため、「スカパー！」の歌舞伎チャンネルで友人の前川さんが制作した『亀治郎の超まじｋａｍｅ！』を思わず見てしまったが、第一回の今日はまだ何がしたいのかイマイチ焦点が絞り切れていない感じがする内容だった。バラエティ仕立てにしたいなら、もっと笑いのツボをきちんと押さえた演出が望ましいし、それはそれでマジメにやるより大変なことだと思ってほしい。これは昨今の若手歌舞伎役者すべてにいえることだが、土台TVのお笑い番組が劣化してるから勘違いを起こすのだろうけれど、おふざけで身内を笑わせるのと、商売で笑いを取るのとは本来まったく別のものであると認識したほうがいい。亀治郎は歌舞伎の若手役者きっての才人と信じるだけに、あえて苦言を呈しておく。

一月七日（日）　蟹鮨、柚稲荷鮨、ブロッコリーとレンコンのサラダ

新年初乗馬の帰りに渋谷の「東横のれん街」でゲット。

すさまじい強風で馬はナーヴァスになってるし、こっちは久々の乗馬で緊張してるとこへ寒風が吹きつけてもう躰はガチガチ。三鞍も乗ったがとても満足がいく出来ではなかった。おまけにJRのダイヤがめちゃめちゃで帰宅は午後九時近くに。で、NHKスペシャルの『プラネットアース』を見ながらの晩ご飯である。落ち目の紅白を裸で盛り上げようとしたNHKも、こういう番組を作ってる分には存続意義が認められる。それにしても地球温暖化の煽りをまともに喰らってるホッキョクグマの映像は気の毒であった。

一月八日（月）　ポトフ

今宵は寒いのでこのメニュー。

歯科医と結婚して男児をもうけたわが妹が電話をかけてきて、歯科医の息子が妹を殺害したという年始早々に起こった事件で、「歯医者の息子のイメージが悪なって迷惑や」と自分勝手な嘆きをもらしたが、これがまあ、子を持つ女の本音というところだろう。もっとも彼女はひとり息子を何がなんでも歯医者にさせる気はないらしい。今は駅前のコンビニよりも多いといわれる職業だけに、私大の莫大な学費を払ったらモトが取れないので、国公立がダメな場合はさっさと別の道に進んでほしいそうだ。ところが今どきはまた別の道というものを見つけられる子がなかなかいないようで、親の跡を継ぐつもりはまったくなかった歯医者の息子が高二高三で進路を決めかね、あわてて歯医者になるべく猛勉強するようなケースが多いのだという。「お姉ちゃん、ほんま今の男の子はどの子見ても、可哀想なくらい、夢ないで。周りを見ても、女の子のほうにはまだ何かになりたいとか、コレをやりたいとかいう気持ちがハッキリしてる子がいるような気がする」とのことで、「少年よ大志を抱け」なんて言葉はもはや知ってる人のほうが少ないのかもしれないと思われたのでした。

一月九日（火）　鱈汁

二〇〇七年度の初ＱＰであります。生ダラは塩でしめてから霜降りにして、水っぽさと臭みをしっかり抜くのがポイント。鍋に薄い半月切りにした大根を敷いてその上にタラを載せる。切り昆布を入れて水から煮て舞茸を足し、酒、塩で味つけして醤油で香りづけ。白髪ネギをトッピングして出来上がり。ＴＶはおぼろ昆布もトッピングしていた。シンプルなお椀だが意外にイケル。ことに大根がおいしく戴ける。けっこうオススメである。またしてもフジテレビの『ものまね紅白歌合戦』を見ながら食す。

一月一〇日（水）　五穀米弁当

整体治療の帰りに毎度の例で東横のれん街を通ってヤバッ！　と思ったのは、次々とショーケースに目が奪われて、あれもこれも食べたいという欲望が年末来の胃拡張を物語ったことである。なんとか欲望を抑えて、いつもの低カロリー弁当をゲット。

ところで今年は電車に乗ってもまだ風邪引きサンが少ないのはありがたい。去年の今ごろはマスクをしないと怖くて電車に乗れなかった気がする。東京は寒くなったといってもあきらかに暖冬ぎみで、わが家のカメは冬眠から覚めてそのまま春モードに突入し、♂は発情して人様の足を嚙みにくるし、♀は食欲全開でこれまた一日に何度も餌をねだって人の足下をぐるぐる回るのでウルサイ！　カメは当たり前だが欲望を抑制できない「爬虫類脳」の持ち主であります。

一月一一日（木）　コロッケ

世田谷パブリックシアターで『ＭＡＮＳＡＩ解体新書Ｖｏｌ．10』を見た帰りに、同行した私のマネジメントをお願いしている事務所・スラッシュの進藤さん、守部さんと近所のお好み焼き屋でもんじゃ焼き等を食す。べつにコロッケを食べたわけではありません。これで十回目を迎えた野村萬斎主宰のトーク＆パフォーマンスＳＨＯＷのゲストはなんとあのＴＶでおなじみのコロッケ（！）で、いやー、物まね好きの私にはたまらない新年の初舞台見物と相成りました。

洋の東西を問わず物まねが演技の原点であるのはともかくも、萬斎がコロッケと話してみたいと思ったきっかけは、コロッケが自らの観察によって歌手は「押す声」系の人と「引く声」系の人に大別されるという話を何かで述べたことにあったらしい。萬斎自身は能の観世流と宝生流の謡い方に同様の違いがあるとして、自身でそれを物まねしてみせたのもそれなりに面白かったけれど、なんたってライブで見るコロッケはTVをはるかに上回るド迫力のおかしさで、萬斎が霞むほどの圧倒的な存在感を見せつけたのであった。五木ひろしのロボットバージョンなどはまるでSFXを見ているような錯覚を起こすくらいに表情筋が激しく動いて文字通り抱腹絶倒。さらにトークもなかなか達者で、物まねの出発点は何よりもまず対象の観察にあり、対象の切り口をいかに見つけるかという話を数々の事例を挙げて妙な理屈をつけながら喋るのがやたらに面白いし、しかもそれを実際にやって見せてくれるのだからもう言うことなしの大満足。初笑いをプレゼントしてくれた世田パブに感謝！

一月一二日（金）　茸と生ハムのオムレツ

ＱＰで見た料理。ＱＰの陰謀で(笑)、キノコと卵をマヨ炒めさせるのがポイントだ。卵は牛乳とパルメザンチーズを加えて塩胡椒で調味。キノコはニンニクのみじん切りと一緒にマヨ炒めしてから半熟状態の卵焼きに加える。最後に生ハムをトッピングして火を止めてからすこし蒸して仕上げる。マヨネーズを使うので塩は控え目に。

きのう見た『MANSAI解体新書Vol.10』に関してはゲストのコロッケにしか触れなかったが、このトーク・ショーにはフシギな学者センセイが招かれることもあって、今回はわりあいまともなロボット工学の池内克史博士がゲストだった。まともといってもロボットを民謡の「会津磐梯山」に合わせて踊らせる研究をしている人で、ロボットが何度もコケながらようやく「会津磐梯山」が踊れるようになるまでの過程を映像で見せてくれた。この池内先生の発言でいちばん面白かったのは、ロボットがなんとか踊れるようになった現在、次にやりたいのはロボットに「もっと巧く踊りたい」という欲求を持たせることだという話である。観客の皆さんはそうカゲキに反応なさらなかったが、私はええっ！　と驚いたのである。それってスゴイことじゃありませんか。

そもそも食欲も性欲もないであろうロボットに、巧くなりたいという欲求が生じるって、いったいどういうことなんだろう？　と私はおおいに考え込んでしまったのである。そういうことも確かにあり得るのかもしれないと思うのは、目下私は次に刊行する『吉原手引草』のゲラ直しをせっせとやっていて、この文章を直したいという欲求は自らの生存に深く根ざした欲望とそんなに深くつながっていないような気がするからである。正直言って、ゲラを多少手直ししたところで、本がスゴク売れるようになるわけでもないにもかかわらず、私はこの原稿の手直しというのが昔から大好きで、直していささかな

2007年1月

りとも巧くなることに純粋な歓びを感じるのだけれど、それって別に誰かにわかってほしいという気持ちも全然なくて、ひとり悦に入ってるだけの話なのであった。で、文章とか絵画とか音楽とかやってる人って、大概こうしたパターンなんじゃないかと思うわけであります。果たして「巧くなりたい欲求」を持つロボットなるものが出現したときに初めてこの欲求が人間の何に根ざしているのかが解明されるのでありましょうか。

一月一三日(土)　ぶり大根

昼間近所に住む友人の大島さんとイタ飯のランチをたっぷり食べたので夜は安上がりなメニューに。大島さんとは新年初の顔合わせである。彼女は落語家のマネージャーだからとにかく年末年始は超多忙で、これまでまともに食事をする暇もなかったらしい。事務所兼自宅でうどんの一杯も食べる余裕がなく、タクシーの中でやっと何か口にする程度というジャニタレなみの売れっ子ぶり。マネージャー稼業も大変です。

一月一四日(日)　五穀米弁当、もっちり豆腐

今日は天気予報で言ってたほどに寒くはならず、まさに絶好の乗馬日和とあって馬も私もご機嫌で二鞍騎乗。それにしても一月中旬でこの陽気はただごとではない。ナイターで乗ってる人も大勢いたが、私は親しい仲間のひとりと「今夜は『華麗なる一族』（TBSの連続ドラマの第一回）を見なくちゃねえ」と言い合って、八時半過ぎに帰宅。例によって東横のれん街でゲットした弁当を食べながらしっかり見たのであります。

まず冒頭シーンにイノシシが登場したのは意表を突かれたけれど、これって今年が亥年だからなんでしょうか（笑）。それともそこまで憶えてないけど、原作で狩猟のシーンはあったはずだからそこにイノシシが出てきたんだろうか。で、ラストシーンにまるで人面魚のような作り物の鯉が出てきたのはビックリでした！　この原作が週刊誌に連載されてた当時をリアルタイムで知ってる世代の人間としては、ああ、今どきはここまで平たい脚本じゃないと若い人にはわからないのかもしれないなあとは思いつつも、当時の若い子すなわち私は佐分利信と仲代達矢が主演した当時のリアルな大人の映画を非常に面白く見たのだから、日本人はこの間あきらかに幼稚化したのである。で、上海ロケ等によるレトロな背景作りにえらく凝っていながら、太陽神戸銀行合併劇の内幕を描いた実録小説をこうもマンガチックにしてしまうのはいかがなものか。キムタクはともかくとして、北大路欣也の風格はさすがだし、女優陣はそれなりに古風な味を出せてる人

2007年１月

もいるのだから、脚本と演出をなんとかもっときっちり出来なかったのだろうか、などとブツブツ文句を垂れながらも結局最後まで見てしまったのであります。

一月一五日（月）　小松菜と人参と油揚げのさっと煮、塩鮭

ＱＰで見た料理。千切りにした人参とざく切りにした小松菜、細切りにした油揚げを胡麻油でさっと炒めて酒、塩、味醂、醬油で味つけ。仕上げにすり胡麻をふる。和製ナムルといった味わいである。

ひと仕事終えてからいつものように近所を散歩して、いつも通る道で見かける梅がもう満開になってるのでドキッとした。この分だと今年の東京は三月になるとすぐに桜が咲き出して月内に散るかも！　江戸時代の小説を書くときは現在の暦とほぼひと月ちがう陰暦を用いるが、だんだんそれと変わらなくなってくる感じだ。京都も恐ろしいくらいの暖冬だというメールが来た。そんなわけで今日はとうとうアル・ゴア元米副大統領の著作『不都合な真実』をアマゾンで買ってしまいました。

一月一六日（火）　ワタリ蟹のパスタ、アボカドと海老のサラダほか

池袋の東京芸術劇場中ホールで『桂小米朝のモーツァルト！モーツァルト！』を見た帰りにスラッシュのおふたりと近所で食事。

上方落語家の桂小米朝は知る人ぞ知るモーツァルト通で、彼のオペラを落語を交えて紹介するという試みは以前から関西でやっていたらしい。生誕二五〇年祭の掉尾を飾る企画として今回その東京公演が実現し、意外なくらいギッシリ詰まった客席を見て、ハテこの客層のメインは果たして落語ファンかオペラファンか、さあ、どっち？ と考え込んだのは私ばかりではないだろう。ともあれオペラやクラシックにそう馴染みのない人にとっては親しみやすくて非常に良い入り口となりそうな好企画だった。

一月一七日（水） 上方寿司、ダッタン蕎麦

整体治療の帰りに東横のれん街でゲット。昨日スラッシュのおふたりが『華麗なる一族』の話をして「たしかに演出もひどいけど、キムタクを主役にした段階でもうダメでしょ」と根本的な問題を告発した（笑）が、今日、私は渋谷で映画『マリー・アントワネット』の駅張りポスターを見て、これがまたあまりにも今っぽいカルーイ作りなのでいささか驚いてしまい、こういう傾向って洋の東西を問わないんだなあと思いつつ、それ

にしても今どき何だってこんな映画を撮ったんだろう？　と考えて、ああ、そうか、これはきっと「怒れるワーキング・プアよ、今こそ起ちあがってセレブ妻をギロチンにかけろ！」という強いメッセージを込めたのだと拝察したのであります。

一月一八日（木）　大根とツナのカレー

前にQPで見た記憶をたどりながら作ったが、かなりおいしくできたし、なにせヘルシーなカレーなのでオススメ！　人参、生姜、玉ねぎ、ニンニクをフードプロセッサー（私はミキサーで代用した）で細かく砕いてからサラダ油とバターで炒め、カレー粉と小麦粉を足してまずルーをこしらえる。そこに大根の角切りを入れてさらに炒め、トマトジュースとスープを注ぎ、杏ジャムを隠し味にしてじっくりと煮込む。最後にブロッコリーとツナ缶を入れて塩と醤油で調味。私は好みで胡椒とクミンシードをプラスした。大根が非常においしく食べられる。カレーはやっぱりルウから作ると自己満足できます。

一月一九日（金）　白子の薫製、甘エビの薫製、豚の薫製の煮込みほか

角川春樹事務所の原重役（優しい人柄の女性ながら出版社の取締役です）と打ち合わせのあと近所の「薫製屋ヌーベ」で食事。ここはけっこうオイシイので三軒茶屋にお越しの方にオススメです。近ごろアウトドアに目覚めた私は周りの編集者で珍しいアウトドア派の女性である原重役とその手の話で盛りあがったのですが、四十路を迎えた彼女が自身でひとつ成長したと思えるのはなんと野球が巧くなったこと！　だそうであります。チームにちゃんと所属して休日には試合にも出る彼女が電車の中でバットを持って立ってると「少年たちがみんなアレッ？　という顔で見るんですよ」とのこと。そりゃそうでしょ、としか申しあげようがありません。

一月二〇日（土）　鯵の干物、蒟蒻のステーキ、アスパラガスの練り胡麻和え

鯵の干物は階下に住む大家さんにもらった小田原土産。あきらかに昨日の過食を調整するメニューであります(笑)。

昨夜遅くある方からの電話で、名前は伏せるが、古典芸能の伝承者として非常に大切な存在である某が「世の中の先のことを考えると不安だらけで鬱になってしまう」と周囲に訴えたという話を聞いて、さもありなんと思いつつ、「まあ、先が見えないのは古

典芸能ばかりじゃありませんから」と明るく笑って慰めた私である。

愚物鈍感を絵に描いたような保守反動の政治家が能天気に「美しい国」を鼓吹して国粋文化の見直しがさかんになっている現象の陰に隠れ、そうした文化の現場レベルでは送り手側と受け手側の劣化、及びそれを支える基盤の崩壊が深刻で、ある世代以降の当事者はだれしも不安でイッパイだろうと思う。けれど今や先が見えないのはどの業界も一緒だし、出版界だってあと十年保てばいいほうだけれど、十年保てばまあいいやと思って手をこまねいている人がほとんどではないか。

なんたって肝腎の地球そのものが保つかどうかもわからない感じがしている昨今だが、けさ見た情報番組で米軍のイラク派兵二万人強の増員は単なる撤退戦略ではなく、イラン侵攻の足がかりだと読み解くコメンテーターの発言にはドッキリでした！　ブッシュの目、あれはホントにそんなこともやりかねないアブナイ人の目だ。

一月二一日（日）　五穀米弁当、もっちり豆腐

乗馬の帰りに東横のれん街でゲット。

昨日が寒かったので心配されたが、今日はまた暖冬にもどって快適な乗馬日和で、

「こういう天変地異も考えたらちょっとコワイけど、でもラクに馬に乗れるし、今年はこのまんまでいいよね」と身勝手なことを仲間と言い合って二鞍騎乗。一鞍目はグレートガバナーというすごいネーミングのわりにおとなしくてとても乗りやすい馬でラッキーだったが、これが雨滴の一粒でも顔に当たるとパニック状態になって一目散に厩舎へ逃げ帰ろうとするチョー雨嫌いのユニークなお馬さんで、ホント馬の個性も多種多様だから、最近は馬場や厩舎を見てまわるだけでもけっこう楽しいのであります。

乗馬を始めてから「馬にもこんなにいろんな性格があるんだからと妙に悟って、他人に寛容になった気がする」と仰言った方もいる。彼女は雇用均等法第一世代のバリバリのキャリアウーマンだが、いろいろ話を聞いていると、女性勤労者は既婚未婚を問わず、均等法がなかった私たちの世代よりもかえって大変になったのかもしれないと思うこともある。私たちの世代だと、男性に伍して働く女性はまだ特殊な存在とみなされて、無視をされることがあったにしても、一方で同性を敵に回すことは今より少なかったのではないか。それに昔はまだどこの会社もわりあいおっとりとしていて、数字にあらわれる業績を今ほど求められることはなかっただろう。賃金格差の問題もさることながら、しっかり稼いでる勤労者もまた大変な思いを強いられているなかで世の中は否応なくギスギスし、かくして動物に癒しを求める人が急増したことを実感するのでした。

2007年1月

一月二二日（月）　鶏手羽と白菜の炒め煮

ＱＰで見た料理。鶏手羽と長ネギの薄切りをこんがり炒めて干し椎茸と戻し汁、酒、鶏ガラスープを加えてじっくり煮込み、そこにしんなりするまで炒めて取りだしておいた白菜を足してオイスターソース、醤油で味つけし、最後に春雨を加えて塩胡椒で調える。簡単安あがりな中華メニューでとろっとした白菜がおいしく食べられます。

今日スーパーで買った長ネギは直径一・五センチ以上もある明らかに育ちすぎのが三本百円で、ほかの野菜も一様に安いのはありがたいのだけれど、暖冬異変もここまで来ると本当にコワイ。きのう京都の妹が電話で「鯛がずっと居るんやて」というから、いったいなんのことかと思ったら、実家の料理屋に昔から出入りしている業者サンのお話で、瀬戸内海の鯛は（もちろん天然物）例年冬に暖かい海のほうに行ってしまい、春三月に帰ってくるのだそうだが、それが今年はずっと居っぱなしなんだとか。極上の明石鯛が運動不足に陥っても困るとはいえ、きっとそんなことは些細なことで、各地にすさまじい海洋異変が起きているニュースも昨今は珍しくない。さまざまな危機が叫ばれるなかで、こうした自然環境の崩壊が私はいま最も深刻な問題だと思っていますが、さりとて具体的な取り組みは恥ずかしながらまだほとんど手つかずの状態であります。

一月二三日（火）『コリオレイナス』

昨日さいたま芸術劇場で見た蜷川幸雄演出の芝居だが、劇場を出たのが十時四十分で、三軒茶屋にたどり着いたのは十二時すぎ。しかしなかなか面白い舞台だったので見に行った甲斐はありました。

日本ではめったに上演されないこのシェイクスピア最後の悲劇は彼の作品には珍しくシンプルな構造で、コリオレイナスの称号を得たローマの武人ケイアス・マーシアス（唐沢寿明）のまさしく「性格悲劇」をストレートに描いている。人並みはずれた勇気を持ち、戦術、武術いずれも凡人をはるかに上まわる能力の持ち主である彼は凡庸な民衆を徹底的に軽蔑し憎悪する傲慢な性格であり、それをまたまったく隠すことができないという点できわめて純粋かつ真っ正直な男でもある。当時のローマは共和政をとるために、数々の武功によって執政官の地位に推挙されながら民衆の支持を得られず、むしろ民衆に国を逐われるはめになった彼は、互いに宿敵と認め合う敵国の将（勝村政信）を頼って敵軍の将となり故国ローマを攻め滅ぼそうとさえする。彼の唯一の弱点は彼を剛毅不遜な性格に育て上げた母親（白石加代子）の存在で、ローマを滅ぼす寸前までいきながら、母親の哀願に屈したために、ついに他国で謀殺されるはめになるが、こうした展開はまるで近松半二の浄瑠璃を彷彿とさせ、これまたシェイクスピアにしては珍しい東洋的な味わいをもつ作品ともいえる。ちなみに近松半二は『妹背山婦女庭訓《いもせやまおんなていきん》』などで知られる人形浄瑠璃の作者で、私の卒論の題材でした。

英国上演を予定しているせいもあってか蜷川演出もまた東洋趣味が横溢し、衣裳や装置、音響はチベット？　清朝？　日本式を綯い交ぜにしたものながら全体にうまく調和が取れていた。

ストーリーは単純だが、面白いのは民衆の描かれ方で、移り気で扇動されやすく無責任な彼らの姿は今も昔もそうは変わらぬと見え、それを主人公があからさまに罵るから、私の前に座っていたご婦人が幕間で席を立つときに「私この芝居むかつくわ、だって民衆だもん」と仰言ってたのがおかしかった。しかしそんな彼も母子の情に負けて死んでいくという哀れな姿が共感を呼んだにちがいなく、カーテンコールではそのご婦人が熱狂的なスタンディング・オベイションをしていたのが印象に残る。

一月二四日（水）『朧の森に棲む鬼』

集英社の八代さん、栗原さん、講談社の堀さん、神保さんとご一緒に新橋演舞場公演を観劇。編集者の方々をお誘いしながらチケットが平日のマチネしか取れなかったのは申しわけなかったが、超満員の客席は性別年齢ともにバラバラで、勤めを休んだサラリーマンやOLとおぼしき方も大勢いて、市川染五郎と劇団☆新感線がタッグを組んだこの興行の人気が今やいかに高いものであるかを窺わせた。

シェイクスピアの『マクベス』を下敷きにして「頼光四天王の世界」を取り込んだ作品で、森に棲む魔女の予言を得た主人公ライは「人間に正義などない。あるのは欲望だけだ」と確信して舌先三寸と無敵の刀剣を武器に周囲の人間を次々と陥れ屠って王座に就き、予言通りの死を迎える。殺陣をふんだんに盛り込んだ演出は新感線のオハコとはいえ、全体にアジアンテイストでまとめた雰囲気は昨夜見た『コリオレイナス』とも共通し、ただし同じアジアでも昨夜のは北方系、今日のはあきらかに南方系で、魔女が登場する森には映画『キリング・フィールド』を彷彿とさせる髑髏の山が築かれ、ベトコンを模した戦士なども登場させている。一方で本水《ほんみず》や血しぶきをたっぷり使った生々しい舞台作りがおおいに功を奏して客席を沸かせた。

主人公ライに扮した染五郎は初めて新感線と組んだときの公演に比べると役者として格段に頼もしくなっており、歌舞伎の本公演ではイマイチ精彩を欠くこの人が魅力的な「色悪」を演じきった。ヒロインの秋山菜津子はとても達者な演技で、欲をいえばもっと花があってもいいかも。古田新太は欠かせない存在ながら、今回ゲスト参加したかたちの阿部サダヲはオイシイ役で期待通りの活躍を見せた。見ているほうは息つく暇もないあっという間の四時間でした。

一月二五日（木）　辛味大根そば

紀伊國屋サザンシアターで井上ひさし作『私はだれでしょう』を見る前に髙島屋内の「永坂更科」で食事。

またしても台本の遅れで初日が大幅に延期された公演だけに、役者陣の奮闘は讃えたいが作品についてはあえてノーコメントにしておきたい。浅野ゆう子は悪条件の初舞台ながら妙に力まずに安定した演技を披露している。川平慈英はそこそこオイシイ役に恵まれたが、佐々木蔵之介はしどころがなくてもったいない起用だった。

一月二六日（金）　初釜

今年の初釜が開かれたのは紀尾井町の「ふくでん」。ここは北大路魯山人ゆかりの料亭「福田家」の別館だが、意外にカジュアルな雰囲気の店である。初釜の茶懐石はたいていおせち料理のような感じだが、ここはお椀も白味噌のお雑煮だったのはお茶の先生が京都の人だというのを考慮したのだろうか。待合いには表千家先代宗匠即中斎のお軸が用意され、屛風も当代宗匠の花押入り、膳の箸の置き方もちゃんと表流にしてあったのは当然といえば当然だろう。料理屋たるもの、これくらいの心得と各流儀の道具がそろっていなければ茶事は引き受けないはずである。で、肝腎のお味はまずまずといったところか。濃茶、薄茶ともにたっぷり戴いたにもかかわらず、帰りに友人たちとホテルニューオータニの別館でまたお茶してしまいました。

一月二七日（土）　湯豆腐、しらす大根、アスパラガスの練り胡麻和え

今週は外食が多かったので、久々にわが家での晩ご飯は超シンプルにして、妙にほっとした感じです。

ところで今週の初めに暖冬異変のことを書いたら皆様から続々とご投稿を頂戴し、今日の東京がこれまた春本番！　とでもいうしかないバカ陽気だったので、『不都合な真実』はますます現実味を帯びてきて、まさしくタイムリーな出版物といえそうだ。

キリマンジャロに雪がない風景はTVスポットでもよく目にするが、ええっ、サハラ砂漠のチャド湖ってもうなくなったわけ！　北極や南極はホントに映画『デイ・アフター・トゥモロー』の世界なんだ！　てな具合に自然環境の大いなる変貌を写真で目の当たりにさせられて、半世紀にわたる調査のデータやグラフの提示で説明されると、地球温暖化の深刻さは今や想像以上のものがあると認めずにはいられない。

ただし「環境に優しいことはお金にもなる。（中略）環境面の改善が、経済面の利潤につながる時代なのだ」と明言して憚らないあたりはいかにもアメリカの出版物である。こうした前向きな姿勢(?)を抜きにしては多くのアメリカ人の心は動かせないのだろう。地球の崩壊がもうそこまで迫っているような壮大な話を展開しながら、最後には電気器具のプラグはこまめに抜くことが肝腎とか、縦型式よりドラム式洗濯機のほうが、デスクトップよりノート型PCのほうが省エネになるとかいった超ミニマムな前向き提言でしめくくられているのも、私にはなんだかちょっと違和感があった。そりゃ個人が何もしないより何かしたほうがはるかにましだとは思うけれど、それよりもわざとすぐ壊れるように作った電気器具の販売や、修理費用よりも買い換えたほうが安くつくような仕組みを企業に許しておくのはどうかしてるという気がするし、バリバリ稼いで消費にドンドン注ぎ込む人間こそが社会的に評価されるとしてきた価値観をどうにかしないと、結局根本的な解決には至らないのではあるまいか。てな経済活動に後ろ向きな考え方はアメリカ人のテイストに合わないんだろうなあ、きっと……。

一月二八日（日）　ひつまぶし、野菜サラダ

乗馬の帰りに渋谷、東急デパートの「Foodshow」でゲット。

去年の今ごろはたしか馬場に霜柱があったような気がするけど……と思いつつ今日も暖かな陽射しの下で快適な乗馬を満喫。で、二鞍目に乗ったのはクラブに一頭だけいるポニーでした。ポニーといっても遊園地で子どもを乗せてるポニーよりは大きくて、成人男性が乗っても平気なのだけれど、やはりサラブレッドの中に一頭だけ混じっているとスウェーデン人の集団にひとり日本人が入っているような感じだから（これってサベツ表現？）見ているとおかしいのである。クラブの会員にはお子様もかなりいるのに、このポニーはけっしてお子様専用馬にはならず、まんべんなく会員を乗せ、時に足が地面に着きそうな大柄な男性が乗ってたりもする。小柄だし顔も可愛いからまるで仔馬のようにも見えるのだが、「あれでも二仔の母だそうですよ」と笑いながら教えてくれた人がいた。乗ってみると非常に気性の荒い馬だというのがひしひしと伝わってくる。私

の知るかぎり、人間でも小柄な人ほど気が強いように思われるのですが(笑)。

一月二九日(月)　鶏肉のおろし煮、ハリハリサラダ

QPで見た料理。鶏肉は軽く片栗粉をまぶしてニンニクを入れた油で炒め、出汁と醤油と酢を入れて煮込み、仕上げに大根おろしを入れる。簡単安あがりで意外においしい。水菜には胡麻油で炒めたチリメンジャコをトッピングして、残りの油に酢と醤油を混ぜてドレッシングにする。ジャコは弱火でじっくり炒めるのがポイント。

わが実家は京都の祇園町で料理屋というきわめて軟弱な商売をしているにもかかわらず、昔から家庭内でふしぎと政治の話題が多かったような気がする。実際に政治家がプライベートでお客様になっていたりするケースもあるが、だからといってお客様の政治家が多い政党を必ずしも支持しているわけではなくて、意外に反体制的な気分が濃厚だったのは京都という土地柄のせいかもしれない。京都人は大昔から権力者を身近に見ているためにかえって一般庶民は反権力的な性向をうちに秘めており、だからこそ明治維新というある種の革命の舞台になったりもしたのだろうと思う。

その京都も今やクソつまらない観光都市に成り下がってしまい、店でもモノでもニセモンが氾濫していると嘆く妹と、昨夜電話でたまたま政治の話題になって、それにしても世界中でパワフルな女性政治家が台頭してるのに、日本はあの扇千景さんがまだマシに見えるくらいなのは実にだらしない話ではないかと私が言ったところ、「そうかてお姉ちゃん、自民党のオッサン見てたら皆ホンマに時代からズレた顔してるで。気の利いた女の人があんな連中と一緒にやっていけるわけがないがな」と反論されて、それはそうかもしれないと思ったのであった。で、一専業主婦に今やここまでいわれてしまう自民党の現閣僚メンバー、柳沢伯夫厚労相が「女は子どもを産む機械」だとうっかり口を滑らせたニュースを今日TVで見た私は怒るどころか爆笑したのであります。

一月三〇日（火）　鱈の豆鼓《トウチ》蒸し

QPで見た料理。生ダラは塩を振って水気を抜くこと。ネギの白い部分は白髪ネギにして仕上げにトッピング。中の緑の部分と生姜の千切りは香りづけに豆鼓と一緒にタラにのせ、紹興酒を振りかけて蒸し、酢醤油をかけて食す。

食事をしながらNHKの『クローズアップ現代』で不二家新社長のインタビューを聞いて、この人で大丈夫なんだろうか……と、LOOKチョコファンである私はちょっと心配になったものだ。まるで評論家のような当事者感覚に欠けた発言が続く。

けっして悪い人ではないのに、話をすると不器用で、当人の意に反して鈍感な発言が周囲をかっとさせてしまうような人がときどきいるが、ひょっとすると今の日本はその手の人がトレンドなのかもしれない。まずもってこの期に及んでもなお「美しい国」をしつこく連呼されるたびに、私はカッとなるのであります。

一月三一日（水）　神戸風お好み焼き、オムそば、もんじゃ焼きほか

世田谷パブリックシアターにフランスの振付家ジョセフ・ナジのダンス・パフォーマンス『遊＊ASOBU』を見に来たスラッシュの守部さんと一緒に食事。

私自身は前回来日したときの『ヴォイツェック』を面白く見たのだけれど、今回はパスしたので、どうだった？　と訊くと、「ウーン、けっこう笑えて面白かったよ。伊藤キム（振付家）とタデウシュ・カントール(ポーランドの演出家)の『死の教室』を併せたような感じかなあ……」とのことで、「客席であの麿（赤兒）さんが見てたのよ！」という話には笑えた。

二〇〇七年　二月

◆**今月の舞台**
『ひばり』

◆**今月の映画**
『華麗なる恋の舞台で』

◆**今月のニュース**
港区西麻布で山口組幹部射殺事件
少子化対策のための戦略会議開催
ガラパゴス旅行
叶姉妹、次女失踪騒動
第七十九回アカデミー賞発表

二月一日（木）　帆立貝とアスパラガスの中華風塩炒め、銀杏ご飯

今日のQPは鍋料理で、こんなに暖かいのに鍋はちょっと……で、ネタに詰まった時はこの定番メニューである。塩炒めには隠し味の砂糖がポイント。生姜のみじん切りをたっぷり入れるとGOO！　食事をしながらまたしても『クローズアップ現代』を見て唖然とした。

今回は学校の先生と父兄が異常な関係になっているという問題で、これに関しては妹からもよく聞かされていたので、「うちの子が朝起きないので先生が電話をかけて起こしてください」と頼む親がいるくらいのことで別に驚きはしなかったのだが、「うちの子はあの子と仲が悪いのになぜ一緒のクラスにしたんですか！」と怒鳴り込んでくる親、「給食代をちゃんと払ってるんだから、うちの子が休んだときは家に届けてくれるのが当然でしょ！」と要求する親までいるというのだから、世の中いったいどうなってるの？？？　って感じです。

わが妹は母親が年をとってから出来た子で、さらに妹も高齢出産だったために、他の父兄とは世代が違って、自分の常識ではとても考えられないような人がけっこういるのだという。「親ばっかりちがうねん。お祖父さんやお祖母さんで、学校になんでもかん

でも文句言いにきはる人がいてんねん」と聞いた私は、ああ、それはきっと全共闘世代なんだろうと思ったのでした。

大学院時代の友人で、国文学の研究者として高い業績を誇り、某国立大学の教授をしている女性から、今の大学生はとんでもない！　という話を聞きはじめたのはもうかれこれ十五年以上前のことになるが、近ごろは「ウチの子に電話しても出てくれないので、先生のほうから伝えてもらえませんか」という電話を彼女の自宅にかけてくる親がいるそうである。大学の先生にしてそれだから、小中高の先生方がいかに大変か、推して知るべしである。親がわが子を大切に思う気持ちは昔も今もそんなに変わらないと思うのだけれど、いったいどこから何が変わってこんなふうになってきたのか、子どもがいない私にはまるでわからないのですが……。

二月二日（金）　鱈ちり

多少冷え込んだので（フツーこれくらいですが）久々に鍋料理。今日は美容院で「家庭画報」三月号の「日本の美味遺産」（なんて大げさなネーミング！）特集の写真を見ながら「これ私の実家なんだよ〜」と担当の美容師さんに自慢して(笑)、代わりに熱帯の海で泳ぐコツをいろいろと伝授してもらった。なにせ彼女はダイビングが趣味で世界の海をまたにかけて潜っている人だから、日焼け対策なんぞもバッチリうかがってガラパゴス行きに備えたというわけ。ずっとインドア派で生きてきたのに、こんな年齢になってやたらとアウトドア派の人と話すようになったのだから、人生はホントに何が起こるかわからないもんだなあ……とつくづく感じる昨今であります。

二月三日（土）　恵方巻き、焼き野菜のサラダ

渋谷に用事があって出かけ、帰りに東横のれん街を通り、ちょうどお寿司が食べたかったし、モノは試しだと思ってお馴染みの店で初めて、恵方巻きを買ったが、あきらかに「二五日のクリスマスケーキ状態」で堅くなっててムチャクチャまずい！　やっぱりこういうものには手を出しちゃイカンのだと深く反省した次第です。

節分に恵方巻きを食べる習慣は関西発だというが、それは大阪のごく一部の話であって、京都にいたころは聞いたこともありませんでした。数年前から東京で流行りだし、今年はもうコレを食べなきゃ日本人じゃない！　みたいな感じでどこもかしこも売ってる。いくら経済の活性化につながるとはいえ、こんなふうに食文化をメタメタにしちゃ

っていいんだろうか。大量に作られて結局は捨てられる食品の多さを想うと、その冥加の悪さが空恐ろしくなってしまう。

もっともこうした物日(紋日)になんとかして金を遣わせようとする発想自体は日本古来のものだろう。例を挙げだすとキリがないので省くが、少なくとも江戸時代はその手の消費が経済を支えていたのはたしかである。クリスマスケーキもバレンタインチョコもハロウィンキャンディーもすべてその伝統に則ったものであろうと思う。

二月四日(日) 弁松の白二重弁当、DEAN&DELUCAのシーザーサラダ

乗馬の帰りに東横のれん街でゲット。

雲ひとつない青天の下、多少風は強かったが快適に二鞍騎乗。ガラパゴス旅行の出発日は一二日だから、さすがに来週の乗馬は控えることになりそうである。

「ええ、来週来ないの? 淋しい」と言ってくださる仲間と一緒に帰りの車中で「クラブの女王様」の話になった。「怖いからできるだけ目を合わせないようにしてるの」と言われた女王様はもちろん人間ではありません(笑)。上級クラスに当たる非常にアグレッシブな牝馬で、他の馬がちょっとでも近づくと怒りだすから、退場時に混雑するとパ

ニック状態になるので、インストラクターが「女王様のお通りです」と言って露払いをするのだそうである。

騸馬《せんば》(去勢した牡馬)と牝馬だとやはり牝馬のほうが気が強いのが多いようだ。私が何度か乗った牝馬もやたらに喧嘩を売るのがいて、洗い場で大概ぼーっとしてるだけの騸馬に「あんた何見てんのよ！」といった感じで後足で蹴りを入れて歩くのが面白かった。女王様はさらにカゲキで前足を持ちあげてやたらと喧嘩をふっかけるのだという。あるとき若いチャカチャカした牝馬と同じ馬場になって、その若い子が何か気に障ることでもしたらしく、激怒して垂直に立ちあがったのはそばで見てるだけでも怖かったらしい。「やっぱり女同士は大変なのかもね」と、ヘンなオチがついてしまいました。

二月五日(月) 大根めし、おぼろ汁

QPで見たヘルシーな料理。オススメである。大根は塩もみして水気をしっかりとるのがポイント。油揚げにはあらかじめ醤油をまぶしておく。出汁と酒少々を加えた米と一緒に炊き込んで仕上げに胡麻をふりかけ、ゆでた大根の葉を彩りに添える。おぼろ汁はしっかり煮立たせた出汁に絹ごし豆腐をどろどろにして溶き卵を混ぜ込んだものを加

えるだけ。出汁にはあらかじめ水溶き片栗粉を入れてかすかにとろみをつけておくのがポイント。吸い口には黒胡椒を使う。

去年の暮れに体重計が壊れたので今年になって体脂肪測定器付きのを通販で買い、今日やっと届きました。さっそく乗ってみたところ大台を二キロ以上オーバーして体脂肪も急上昇、なんとFATの表示まで出てしまった！　乗馬ダイエットもそれなりにやってるし……と思っていたのに、この結果はさすがにショックであります(涙)。いつもの冬なら風邪で食欲が落ちたりして適度に調節してるのに、今年の暖冬異変は私の肉体にも大打撃を与えたのであった。

二月六日（火）　蒟蒻の味噌田楽、もずく酢、大根めしの残り、おぼろ汁の残り

昨日のショックが尾を引いて露骨なダイエットメニューです(笑)。もっとも朝からあまり食欲がなくて、少し悪寒もするのでひょっとしてほんとに風邪になったんだろうか!?　旅行を前にこれはとてもヤバイのだけれど、しばらく日本にいないとなると、それまでに片づけておかなくてはならない仕事が山積みでおちおち寝てもいられない。なにせ近々刊行予定の『吉原手引草』の再校が未了だし、「拍子郎シリーズ」の原稿八十

枚一本を仕上げていく約束をしたし、ああ、おまけに税理士さんのほうからは旅行前に申告に要する全書類を揃えて提出してくださいと言われて、今日の昼間はメインバンクに出向いて渋谷の町を通りながら、こんなときに住吉会か山口組の流れ弾にでも当たったら泣くに泣けんぞと思った次第。

二月七日（水）　五穀米弁当、菜の花の辛子和え

整体治療の帰りに東横のれん街でゲット。残念ながらいつものもっちり豆腐は売り切れでした。「足がむくまないようにこのシコリを取っておきましょう」と整体の先生が仰言って押さえられたツボは飛び上がるほど痛かったが、これでエコノミー症候群対策はバッチリです。

今日は『吉原手引草』の再校ゲラも無事に戻せたのでホッとひと息。ガラパゴスは世界でも稀なドコモ携帯が使えないエリアだから、出発前になんとか三校まで出してもらうとなると、再校戻しは今日がデッドラインだった。ふつうは初稿で入念に赤を入れて、再校はわりあいさらっと済ませるのだが、今回は登場人物十八人全員がインタビュースタイルの独白をする会話体で綴った小説なので、再校でも思いのほかしつこく赤入れをするはめになった。会話体で常に腐心するのは「リアル」を取るか「わかりやすさ」を取るかの二者択一で、これにギリギリまでおおいに迷ったのである。

その昔、私は小説のカギカッコ内の文章を読んで、人がこんなふうに話すわけがない！　とよく怒っていた。もちろん今はそれが必ずしも人の話し言葉をリアルに再現するものではないのを重々承知の上で、自分が書く場合はなるべくリアルな話し言葉にしたいという欲求やみがたく、これはまあ小説よりも戯曲に親しんだ者のサガというべきだろう。ただ時代小説の場合はあまりにもリアルな語彙でまとめると現代人にはナゾだらけの文章になってしまうし、また今回のように全面会話体だとやはりどこかで適当に説明的な言葉も挟み込んでわかりやすくしなくてはならないが、それでなおかつ当時の「リアル」な口調にできるだけ近づけようとしておおいに頭を悩ませたのであります。

二月八日（木）『ひばり』

シアターコクーンでジャン・アヌイ作／蜷川幸雄演出の『ひばり』を見た帰りに近所で食事。主人公ジャンヌ・ダルクを松たか子が演じると知ってぜひとも見たくなった芝居である。野田秀樹の『罪と罰』を好演した彼女ならきっといいはずだと思ったが、予想に違わず終始ハイテンションかつドライで集中力の途切れぬ演技はこの女優ならではの持ち味を存分に発揮したものといえる。

ただしキリスト教的宗教観がベースにない日本人にとっては、この戯曲の本質を理解するのはかなり難しいだろう。蜷川演出がその本質に迫り得たものといえるかどうかは疑問もあるが、さほど奇をてらわずにしかし確実にアップデートして現代人の共感を呼ぶ意図が窺え、この緻密な議論劇がそれなりに面白く見られたことは間違いない。アップデートな演出意図の下に造形された松たか子のジャンヌ・ダルクはまさに自分らしい生き方をどこまでも追求し、周囲の無理解と自意識の強さに絶えず苦しむ現代の若い女性そのものの姿とダブって見えるのだった。少子化問題が騒がれる今の日本で若い女性が見るにはもってこいのお芝居かも……などと思ってしまった私であります(笑)。

二月九日（金）　おこわ弁当

買い物帰りに東横のれん街でゲット。忙しいというのは自分がいかに無能であるかの証明のような気がしてあまりいいたくないのであるが、今日はやっぱり忙しいといわずにはいられません。ちょっとでも日本を離れるのはこんなにも大変！　てな感じです。

ともあれ今やっとなんとか出発前の仕事を片づけて、明日から本格的に準備をしなくてはなりません。

二月一〇日（土）　鱈ちり

体脂肪計付き体重計に乗って大変なショックを受けたのは今週の月曜日。それから油物をなるべく避け、間食をしないようにして、今朝量ったらナ、ナント二キロ減！　てなわけで今夜もヘルシーにまとめました。要は食べ過ぎだったのです。

いよいよ出発を明後日に控えたガラパゴス旅行だが、届いたスケジュール表を見て、この年で大丈夫なんだろうか……と不安がいっぱい。なにせ南米エクアドル沖千キロ海上に赤道をまたぐかっこうで点在する群島で、ゾウガメ探索ハイキングやら海イグアナ観察のシュノーケリングといったアクティビティ満載のツアー。現地はかろうじて英語が通じるといった秘境でもあり、おまけに日本からだと何度も乗り継ぎをして、もちろん添乗員はいないので、とにかく自力でたどり着かなくてはならないのである(汗)。

こんなすさまじい旅行に最初はひとりで行く無謀な計画を立てていた私だが、途中でなんだかちょっと不安になるも、あまりにもマニアな旅行先なので誘う相手がなかなか浮かばず、あるときガラパゴス→イグアナ→『イグアナの娘』の連想でその原作者である萩尾望都さんを想いだして、半ばジョークの駄目モトといった感じでお誘いをしたところ、思いがけずご同行を快諾いただいて、最終的には望都さんとそのご友人、私ともうひとりの友人の計四人で出発することになった。

望都さんとのご縁は数年前に遡り、きっかけは望都さんが「週刊朝日」の「読書日記」で拙著『仲蔵狂乱』を取りあげて下さったこと。そこから今はポプラ社の編集者である矢内さんを通じてお目にかかり、何度か歌舞伎をご一緒して、『仲蔵狂乱』の文庫本に解説をお書き願ったりもした。ちょうどその直後に文化出版局のある雑誌で旅行エッセイを求められ、編集部から「どなたかお誘いになってもいいですよ」と言われたのでそのときもふと望都さんを想いだして駄目モトでお誘いしたのだった。で、一緒に吉野へ花見に行ったが、その年は不運にも開花が早くてほとんど散ったあと(涙)。ただ吉野から奈良・京都へとふたりでまわった旅行は今想いだしてもじつに楽しいものだったので、またまたお誘いしてしまったわけである。もっとも今回は誰がどう考えても相当にハードなツアーなので、今はなんとか四人無事に戻ってこられることを祈るのみ。もっとも私だけならビョルン・アンドレセンのような美形のガラパゴスゾウガメ(体重二五〇キロ!)に踏みつぶされて「ガラパゴスに死す」でもかまいませんが(※ビョルン・

アンドレセンはヴィスコンティ監督の映画『ベニスに死す』に出てた美少年。古いネタでスミマセン)。

二月一一日(日)　いざガラパゴスへ

いつもなら乗馬に出かけるとこだが、旅行前日に落馬してはシャレにならないので断念し、朝からTVを見てたら各局に石原慎太郎が出まくるのでムカムカした。建国記念日だからなの?　都庁経費無駄遣いの件?　とか思って見てたら、どうやら本人が小説の全集を刊行した宣伝くさいので呆れてしまった。ちなみにこの保守反動男根主義者の全集を刊行するのは安倍晋三の『美しい国へ』を世に出したのと同じ出版社である。推してそのセンスを知るべし!　といったところでしょうか。

それにしても旧来の左派も言ってることが古くさくて近視眼的で、これじゃ保守反動勢力の台頭を招くのも仕方がない気がするくらいにだらしがなくて頼りにならない。思えば「人間の歴史はらせん状に進化する」と言ったのは二十世紀が生んだ最高の歴史学者アーノルド・トゥインビーで、時流人心が保守反動に傾く時代は洋の東西を問わず過去にもちろん何度もあったのだけれど、しかしながら人類は今や保守反動を許してるような余裕はないんじゃないの！　と私は思うわけであります。それはもはや戦争をしてる余裕なんてないのと一緒で、とにかく近代の国家主義や資本主義のパラダイムをなるべく早く転換しないと人類に明日がないのは必至な状況だということは、きっと多くの方が気づかれているはずです。

てなわけで明日日本を発って向かう先ガラパゴス諸島はかのダーウィンが「進化論」を唱えた島として有名ですが、私はそこで「人類の進化について」という思いっきり誇大妄想的テーマを抱えて過ごしたいと思っております(笑)。

＊ガラパゴス旅行中の日記は、二二三ページの「ガラパゴス紀行」をご覧ください。

二月二二日（木）　するめイカのお造り、冷や奴、鯵のフライ、マッシュポテトほか

アジのフライとマッシュポテトは大家さんに頂戴したもの。今朝のワイドショーを見てたら叶姉妹の妹失踪事件をいやに大きく取りあげてるくらいだから、日本はまあ何事もなかったのでしょう。
ところで旅先で他の日本人にはまったく会わなかったと何人かに話したところ、全員が口をそろえて「それは良かったじゃない！」という反応なのはちょっとビックリ。こっちは日本語がまるで通じないどころか英語ですら伝わりにくい人びとのなかでひとりきりになるケースも多かったから心細く感じたのだけれど、果たして皆さんは旅先で同国人と会うのがそんなにお嫌なんでしょうか？　上司だとか取引相手とか隣近所のうるさいオバサンならともかくも、見ず知らずの他人に会うなら国内だろうが海外だろうが一緒だと思うのだけれど、ことさらに海外で日本人と遭遇するのを厭うのは異国情緒がぶちこわしになるからでしょうか？　それとも海外だと日本人が実に冴えない民族に見えるからなんでしょうか（笑）。その昔はいざ知らず今はそうそう見劣りもしないはずだし……というよりも国籍民族を問わずステキな人もいればイケテナイ人もいるのが現実なわけだし……。思えばかくもボーダーレスな時代に海外旅行で同国人に会うのを嫌がる心理というのはいささかフシギで、いっぽうに団体旅行をする人もいるのだから一般的な傾向といえるのかどうかもわからないのですが、とにかく今日驚いたのは八十歳の大家さんに話しても「それは良かったですね」と仰言ったことであります。

2007年２月

二月二三日（金）　ちらし寿司、もっちり豆腐

整体治療の帰りに東横のれん街でゲット。今日ようやく『吉原手引草』を校了しました！　三校まで見て出国し、そのまま編集責了になったのだとばかり思っていたので帰国直後に念校が入ってビックリ。改めて訊くと最終的に刊行日は三月中旬に決定したとのこと。黒地に朱色で花魁の姿を描いた美しい表紙の本が店頭に並ぶのは首都圏だと三月一六日だそうです。

二月二四日（土）　刺身、天ぷら、ぶり大根、卵焼きほか

お茶の稽古の帰りに、ブログの製作もしてもらっているデジタル・コンテンツ・クリエイターの岡野夫妻と食事。

お茶の稽古の前に渋谷Bunkamuraのル・シネマで『華麗なる恋の舞台で』を見たが、この邦題はちょっと戴けない。原題は〝Being Julia〟(Juliaは主人公の名)で原作はS・モームの『劇場』だから「女優」とでもするのが順当だろう。それだと地味だし、ほかとまぎらわしいから、こうした長い陳腐なネーミングになったのだろうけれど、考

えついた宣伝部員は『華麗なる一族』ファンだったのかも？

ともあれ中身は洒落たオトナの映画で、戦前のイギリスの興行界を背景にした典型的なバックステージ物だ。『イヴの総て』（そのリメイク舞台版がミュージカル『アプローズ』）とやや似ている点もあるが、こちらは年寄りのほうが、けっこうしたたかで痛快な勝ち方をするから中年女性向きの映画といえる。べつにそうたいした作品ではないけれど、役者、付き人、プロデューサー、劇作家、パトロン等々、いわゆる芝居関係者が細部に至るまでじつに丁寧に描かれており、ああ、洋の東西を問わずこの業界はホントに似たような人間がそろって似たようなことをしてるわけだ……とバックステージで働いていた私なんかは妙に納得できて面白いのだった。

で、劇場を出て、本屋に寄ってからぶらぶら帰ってくる途中ですれちがった相手が、えっ！　いったいこの人がなぜここに？　と言いたい某大手興行会社のA専務だったのは単なる偶然とは思えませんでした。

二月二五日（日）　五穀米弁当

乗馬の帰りに東横のれん街でゲット。今日は時差ぼけの躰にむち打って三鞍騎乗。へろへろ状態の三鞍目は素質バツグンなくせに人を見てメチャメチャ手抜きする厄介な馬で（人間にもこういうヤツいるよねえ）、以前えらく舐められてまったく制御不能に陥った覚えがあるから、今日はいっそレッスンをキャンセルしようと思ったくらいだが、何くそ馬ごときに舐められてたまるか！　と気合いを入れて乗ったら一度もわがままが出ずに難なくクリア。インストラクターにも「松井さん、だいぶ乗れるようになりましたね」と言われてホッとした。要は仕事も乗馬も気合いであります！

ところで私はひょんなきっかけで三十年ぶりに目下ドストエフスキーにハマっています。ストーリーは古めかしくともなにせ鋭い人間観察と箴言の宝庫だから読み始めると止められなくて、今日も往き帰りの車中で『悪霊』を読んでいたら、「お人好しの鈍物ほど手に負えないものもありませんからね」「意地悪のバカはもっと手に負えませんよ」という会話が出てきて、ああ、これって安倍総理と中川幹事長のことね、と妙に納得してしまったのでした。

二月二六日（月）　ぶり大根、アスパラガスの練り胡麻和え

近所の魚屋でぶりかまのいいのを見つけたのでこのメニュー。

日本のニュース番組は菊地凛子がノミネートされた助演女優賞ばかりを取りあげた今年のアカデミー賞だが、肝腎の主演女優賞は下馬評通り『クィーン』のヘレン・ミレン。私はこれをガラパゴス旅行の際のデルタ航空機内で見て、つくづく英国ならではの映画だと感心したのであります。ダイアナ妃が事故死してから国葬に至るまでのエリザベス女王とブレア首相の葛藤や煩悶をもろに描いたこの映画で、ヘレン・ミレン扮するエリザベスII世は完璧なまでのそっくりさん！　他にもフィリップ殿下やエリザベス・マザー、チャールズ皇太子がそれぞれ実名そっくりさんで登場するが、日本でたとえば雅子さん問題をこうした映画にすることはまず考えられない。劇団ザ・ニュースペーパーあたりは小劇場でひそかに皇室ネタを披露しているとはいえ、映画にしろ芝居にしろ、もしメジャーな劇場でやったら宮内庁から大クレームがついて右翼の街宣車がすっ飛んでくるだろうと思う。

いっぽう英国では現王室を平気でドラマ化するのに私が初めて驚かされたのは一九八一年のロンドン旅行で見た『ハー・ロイヤル・ハイネス』という芝居だった。結婚式直前にダイアナが逃げ出してオーストラリア女性のそっくりさんが身代わりになって珍騒動を繰り広げるというドタバタ喜劇で、ダイアナ妃はもちろんエリザベス女王や当時のサッチャー首相ら全員がそっくりさんで演じて場内は爆笑の渦に包まれていた。上演し

2007年2月

てたのは東京だと帝劇とか新橋演舞場とかいった感じの商業演劇の大劇場であり、私が何よりもビックリしたのはカーテンコールに観客全員総立ちで国歌〝GOD SAVE THE QUEEN〟を歌いだしたことだった。どうやら英国の一般庶民は王室に対して畏れ多いというような感覚はほとんどないまま熱愛していて、だからこそこんなドラマが上演されるんだろうなあと思ったのである。

映画『クィーン』のハイライトはエリザベス女王がひとりでジープをぶっ飛ばして郊外に向かうシーンだが、そこで私は、ひえー！　あの女王運転できるんだ……と単純に驚いてしまった。ちょっとした笑いを取るのは女王と愛犬のやりとりで、例の胴長短足犬ウェルシュ・コーギー四匹は『ハー・ロイヤル・ハイネス』の舞台でも大の人気者だったから、英国人の間ではきっとポピュラーなネタとして定着してるのだろう。雅子妃の愛犬ショコラが死んでしまったのは今さらながらに可哀想な気がいたします。

二月二七日（火）　浅利と小松菜のナンプラー炒め、ナメコ汁

久々にQPで見た超簡単メニュー。ニンニクのみじん切りと鷹の爪を入れた胡麻油で小松菜とアサリを炒めてナンプラーと隠し味程度の砂糖で調味するだけ。栄養価が高い

わりにカロリー減のヘルシーな料理だから良しとして、食後に焼き芋半分と麩饅頭を三つも一気に食べてしまったので何にもならない(泣)。

買い物の往き帰りで街頭演説を見かけて、ああ、今年は都議選もあるのかと、いささか憂鬱な気持ちになった。国政選挙ではさすがに少なくなったとはいえ、都議選クラスだとまだまだ候補者の宣伝カーが町内を走り回って騒音をまき散らすので、書き物仕事をしていると何度もカッとなってしまう。名前を連呼するしか能がない政治家にはなかなか投票する気も起きないし、本来は民主主義を築く最重要権利として獲得したはずの選挙権そのものがアホらしくなるほどだ。

それにしてもだらしない民主党はついに都知事候補を擁立できないままタイムリミットを迎えるのだろうか。で、結局のところ浅野史郎氏は完全フリーハンドで立候補するんだろうか？　とにかく誰でもいいから石原三選を阻止してほしいものだが、国政にしろ地方行政にしろ、かくも魅力的な人材を欠いて選挙に突入しても投票率は上がりそうにない。いっそ最高裁判事の信任投票のように、こいつはダメという候補者へ×印をつける方式に改めたほうがいいんじゃないの！　と言いたいくらいであります。

2007年２月

二月二八日（水）　ヌーヴェル・シノアのコース（フカヒレの姿煮ほか）

わが家のTVは別に申し込んでもいない「放送大学」を受信するので、食事時につい見てしまうのだが、以前たまたま見た長谷川眞理子先生の「生物学」特別講義は非常に面白かったので、すぐにこの方の本を買って読んでみた。講談社現代新書の『オスとメス　性の不思議』と集英社新書の『生き物をめぐる4つの「なぜ」』はともにとても読みやすく、それでいてハッとさせられることが多々ある名著なので、生物学にさほど興味がないという方にもオススメである。で、今日はその長谷川さんと萩尾望都さんが対談をなさるというので押しかけて拝聴し、その後お食事をご一緒させて戴いた。

そもそもはポプラ社の矢内さんがSFマンガを手がける望都さんといろいろな科学者との対談連載を企画したもので、第一回が茂木健一郎氏、第二回が養老孟司氏、そして今日が第三回目ということで、ガラパゴスから帰国した直後の望都さんと生物進化論がご専門の長谷川さんとの対談だったのだが、私が以前から長谷川さんのファンだという話を矢内さんにしたところ、お引き合わせするのでご一緒にとありがたいお誘いを受けた次第である。思えば望都さんをご紹介くださったのも矢内さんで、素晴らしい方との出会いを重ね重ね感謝しなくてはなるまい。

とにかく今日お伺いしたお話は何もかも新鮮で、しかもわかりやすく面白くお話し戴けたから、生物好きの私としては至福の時を過ごせたといってもよい。中でもビックリしたのは染色体が性を決定するのは哺乳類と鳥類にほぼ限られているというお話で、哺乳類はXYの♂よりXXの♀のほうが安定した性であって、生まれる直前まではすべて♀だという事実は知っていたが、鳥類はこのまったく逆つまり♀より♂のほうが安定した性であり、クジャクの♀は老いて女性ホルモンが減ると♂にしかないと思われたあの美しい羽毛が生えてくるのだそうである。

そのほか人類は表現型の可塑性がきわめて高い生物だから体型や何かが著しく変化を遂げてはいるけれど、遺伝子そのものの変化はまったくないので進化したとはいえず、今後も子孫の増え方から推して進化を遂げる可能性はゼロに近いというお話や、生物の寿命は繁殖と関連するが、ゾウやバンドウイルカと同じく人類はそもそも繁殖後の余命が長い動物であり、かつ共同繁殖をするのが本来の形態で、核家族的繁殖には動物的に無理があるというお話等々、長谷川さんは生物学のみならず文化人類学を踏まえた上で、人類本来のありようや、人類が今後どう変わるべきかという点についてもきちんとした見方を提示される。ただ単に狭い世界で自己満足的な研究発表をしている学者さんとはひと味もふた味も違った本当の意味のインテリであり、また私生活では高校からの同級

2007年2月

生を夫君になさっている見た目もじつにチャーミングな女性である。私とはひとつ違いだから世代的にも話が合って本当に楽しくお話をさせて戴き、東大在学時は小田島雄志先生の影響で「演劇も好きだったんですよ」と仰言るので、今後またお芝居をご一緒しましょうといってお別れした。

経済活動としての仕事とは直接に関わりのない人の輪がこうしてどんどんふくらんでいくことは、今後の人類にとって良い方向ではないかと私は思うのであります。

二〇〇七年　三月

◆**今月の舞台**
『ヒステリア』
『橋を渡ったら泣け』
『恋の骨折り損』

◆**今月の映画**
『王の男』
『さくらん』

◆**今月のニュース**
松岡農水相、事務所の光熱費問題を追及される
『吉原手引草』刊行
東京都知事選挙公示
世界フィギュアスケート選手権で安藤が金
植木等死去

三月一日（木）　蒸し鶏の胡麻だれかけ

ＱＰで見たゴマだれは練りゴマ、砂糖、酒、醤油を併せてそこに生姜とネギのみじん切りを足して作る。鶏肉は生姜の皮とネギの青い部分を載せて酒をふりかけて蒸し器に十二分くらいかける。ゴマだれはやや固めに作って、蒸し汁でのばすのがポイント。私は好みでタレにラー油を少々加えた。

例年三月になると、ああ、なんだかんだいっても春だ！　とすこし嬉しくなるのだけれど、今年は正月からずっと暖かいのでそういった歓びはまったく感じられません。ただし暦などわかるはずもないカメ♂が今日は朝っぱらから発情して廊下をバタバタ走りまわるわ、♀に覆いかぶさって鳴きまくるわ、あげく人の足をしつこく狙って噛みに来る！　何度ひっくり返しても懲りずに騒いで大迷惑でした。

三月二日（金）　『ヒステリア』

シアタートラムで翻訳劇『ヒステリア』を見る前に近所の中華レストランで食事。招待日は旅行中だったから普通ならパスするところを、何かしら匂うものがあって、招待を今日に変更してもらったのだが、劇場に入ってビックリしたのは立ち見が出ていたこと。小劇場公演とはいえ、最近この手の翻訳劇で立ち見が出るのは珍しい。期待に応えたユニークでなかなか面白い舞台だったといえる。

精神分析学の創始者フロイトの晩年に彼の元をシュルレアリスムの大家サルバドール・ダリ夫妻が訪れたという史実を下敷きにした芝居で、ダリ自身も登場するが、すべては死を目前にしたフロイトの生々しい幻覚として展開される。かつてフロイトはある女性の精神分析を通じて彼女が幼児期に父親から性的虐待を受けていた事実を発見しながらも後にそれを否定して、それは彼女の性的願望だったという解釈に帰着した。幻覚にあらわれた女性はそうしたフロイトの変節を追及し、彼の父親や彼自身の内側にも同様に歪んだ性欲が潜んでいることを暴き立てる。いっぽう人間の潜在意識を具現化した絵画を描いたつもりのダリはフロイトに批評を仰いだ結果、その絵画には潜在意識よりむしろ意識的な作意のみが見えると言われて「シュルレアリスムは死んだ」と認めざるを得なくなる。最晩年のフロイトの精神をさらに大きく揺さぶったのはナチによるユダヤ人惨禍の現実でもあった。

いずれも深刻なテーマであるにもかかわらず、舞台は意外と軽快に運ばれて前半はまるでスラップスティック・コメディのようにも見えるのがこの芝居のユニークなところ

2007年3月

だろう。串田和美のフロイトは好々爺然として妙に和める感じだし、幻覚にあらわれる女性は荻野目慶子ならではの妖しさとエキセントリックな演技に目を奪われる。中でも奇人ダリを演じた白井晃はじつにみごとな怪演でおおいに笑わせてくれた。白井は演出もかねており、照明、装置、衣裳等にこまやかな配慮を見せ、ラスト近くのもろに幻想的なシーンでも達者な手腕を発揮している。

三月三日（土）　ちらし寿司、蛤のお吸い物

雛節句の定番メニューであります。すし飯に混ぜ込んだのは酢レンコンのみじん切り、酢生姜のみじん切り、ちりめんじゃこ。具は海老、干し椎茸、菜の花、炒り卵。

近所を散歩してたらなんと満開の八重桜が目に飛び込んできた。今年はソメイヨシノの開花もさぞかし早いだろうと思いつつ、取材で京都に行くのをいつにしようかと迷っている。せっかくなら久々に桜が見たいが、まず宿が取れるかどうかが大問題。なにせ京都は今やオフシーズンでもすぐには宿が取れないのは困りものだ。

京都では必ずホテルを取るようにして、ここ何年も実家に寝泊まりしたことはない。わが家は客商売で両親ともにまだ現役で働いており、高齢となった今ではお客様を迎え

るのが精一杯なので、余計な負担はとてもかけられないからだ。ふつうの家庭だとわが子が久々に実家に戻ればお母さんが歓んで世話を焼いてくれそうに思えるのだけれど、私はそもそも子どもの時分から母親に日常的な世話をしてもらった覚えがまるでない。父も母もいわゆるばあや育ちだから自身で子どもを育てるという感覚はないままに、私も妹もほとんど他人の手で育てさせていたのである。

したがって私たちは別にそれでおかしいとは思っていなかったが、友人がわが家に遊びに来ると、親子でわりあい他人行儀なやりとりをするのにビックリするようである。絶えず他人がいる家の中で家族が暮らすわけだから核家族のようなわけにいかないのは当然で、昔はこうした家がもっともっと多かったのを思うと、人間関係の変わり方にも納得がいこうというものだ。

近ごろは家族崩壊がさかんに叫ばれるし、子育ての父親不在が問題視されたりするけれど、近代の模範的な家庭に育たなかった私としては、いろいろな家族のあり方があっていいのではないかと思っている。もしともに子どものことばかりを一生懸命に考えている両親に育てられたら、私はそれを重荷に感じて参ってしまっただろうという気がする。幸いわが両親は商売を第一に考えている人たちだったので、私も妹も勝手にわが道を行くという感じで人生を送れるのがありがたいのであります(笑)。

2007年3月

三月四日（日）　海老サラダ、もっちり豆腐、昨日つくったチラシ寿司の残り

乗馬の帰りに東横のれん街でゲット。今日はもう春うららどころか暑くて顔から汗が噴きだす乗馬であった。今からこれでは夏がコワイ。

二鞍目に乗ったのは去年の夏に落馬して以来ずっと当たらなかった馬で、半年ぶりのリベンジに。馬装しているときにこちらの顔をジィッと見つめるので、いくら記憶力が良いといわれる馬でもまさか半年前のことを憶えてるはずはないのだけれど、しばしにらめっこで応じてやったら今度は頭をぐいぐい押しつけてくる。要は顔が痒いらしいとわかり、掻いてやったら鼻の下を伸ばしてじつに気持ちよさそうにしていた。

ところで「黒幕」とか「さしがね」とか「どんでん返し」というコトバはそもそも歌舞伎のタームが一般用語化したものであるが、馬に関する用語で一般化したのも相当たくさんあるように思う。らちがあく、あかないの「らち」はそもそも馬を囲う柵だというのは知っていたが、古語のように思い込んでいたそれが今でもちゃんと乗馬の用語として使われていることに最初は驚いたものだ。で、馬が気持ちよさそうにすると鼻づらの下の部分がビローンと長く伸びるので、これも最初見たときはビックリしつつ、なるほど「鼻の下を伸ばす」というコトバはこれから来たんだと思い当たったのであります。

三月五日（月）　ホタルイカの炊き込みご飯、アスパラガスの胡麻よごし

ＱＰで見た料理。仕上がりが桜色になる春らしい炊き込みご飯で簡単に作れておいしい。久々にオススメである。市販のゆでたホタルイカと生姜の千切りを酒、砂糖、塩、醤油を混ぜたつけ汁で煮て冷ましておく。煮汁と具をいったん別々にして昆布と一緒にご飯に炊き込む。炊きあがってから彩りと香りづけに芹をトッピングする。食事中に「スカパー！」を見ていたら、時ならぬ春の嵐で画像が受信できなくなってビックリした。台風でもこんなことはなかったのに！

三月六日（火）　『橋を渡ったら泣け』

シアターコクーンで土田英生作／生瀬勝久演出のストレート・プレイを見る前に、東急Bunkamuraのカフェ「ドゥ　マゴ　パリ」で軽く食事。

土田英生はあきらかに不条理劇の系譜に立つ作家なのだろうが、私は『悔しい女』（二〇〇一年に高畑淳子主演で初演）でこの人の作品にはじめて接したとき、あまりにも小市民的なリアルさを重視している作風のために、いったいどんなタイプの劇作家だ

と解釈すればいいのか迷ったほどである。ただ押しつけがましくないユーモアのセンスがとても魅力的だったので注目はしたものの、そのときはまさかコクーンでひと月公演ができるようなメジャーな作家とは思えなかったし、今回の『橋を渡ったら泣け』もメジャーな舞台を必要とする戯曲とはいえないのである。にもかかわらず今回の上演がけっしてスカスカした感じにもならずにコクーンの舞台にきちんと納まって見えたのは生瀬演出のお手柄でもあろうし、旧来の不条理劇とは一線を画する土田戯曲の「ふくよかさ」とでもいうべき魅力によるものだろうと思う。

　ストーリーは近未来に何かとてつもない災害に見舞われて生き残った人びとの鎖された集団の中で進行する。人びとは皆いずれも意外なほどに平和な小市民的日常を維持し続けているように見えるが、その陰には「秩序」をめぐる「権力」が絶え間なく推移しており、そこに当然ながら「暴力」が絡んでくる。ある日ふいに訪れたストレンジャー（大倉孝二）によってその「権力」構造がしだいに顕在化し、ストレンジャーは自らが「権力」の地位に就いた段階でその恐ろしさに気づいて集団を去らざるを得なくなる。これが旧来の不条理劇なら登場人物が記号化された存在に徹してテーマに沿った劇構造をシャープに浮かびあがらせるところを、土田戯曲の場合はミニマムかつリアルな会話によって各人物に生々しい性格が付与されていく。物事を深く考えることは苦手な男

（八嶋智人）や自意識過剰の女（奥菜恵）、物事の基準の喪失と同時に自身を見失ってしまうインテリの夫（小松和重）と、そうなれば隣りにいる人間を信じるしかないと割り切る妻（戸田恵子）、コンプレックスの強さから権力欲に駆りたてられる男（六角精児）等々いずれも壮大なテーマとは似つかわしくない等身大的な人物がコミカルなやりとりを交わし、時には狂気に至る怖さを感じさせつつも、ラストはじつにほんわかとして人間に救いのある幕切れとなる。これまた旧来の不条理劇ならもっとブラックな幕切れになるはずだが、現実の世の中がここまで暗くなってしまった今日では、むしろこうした甘い芝居のほうが受けるのもわかる気がするのだった。

三月七日（水）　鉄板焼き

七日夜は新潮社の編集者・小林姐さん、以前の担当だった佐野氏、現単行本担当の田中氏、新たな文庫本担当の青木氏が大量の食材と酒ご持参でわが家を訪れ、新刊の相談かたがた会食と相成った。

「銀座開化事件帖シリーズ」第二弾のまず刊行時期をどうするかの相談で、新潮社サイドは第一弾の文庫本化と連動させてどうしても今秋にしたいという意向だが、今秋は角川春樹事務所が「並木拍子郎シリーズ」第三弾を、講談社が新聞連載した『そろそろ旅に』の単行本を出したいとの話がすでにあって、ただでさえ立て込んでいるから無理だと言っても、新潮社サイドは一向に譲らぬ構えである。こうなるともう私の一存では決めかねると言ったところ、佐野氏が両出版社の担当者と直に話し合って調整をすることになった。というわけでこっちは調整の成りゆきを見守るしかない。

ところで出版社と作家との関係は部外者の目で見るとけっこうフシギなもので、歌舞伎役者と興行会社「松竹」との関係を長年見てきた私にとって、まずいちばん大きく違う点は、当たり前だが、出版社がたくさんあるということだ(笑)。で、これも当たり前だが、役者は同時にいろんな場所にいられないから、以前某狂言役者がヘリコプターに乗ってかけ持ちした事件があったことでもおわかりの通り、ダブルブッキングは絶対に避けなくてはならない。片や作家の場合は同時にいろんな仕事を進行してもOKだけれど、どういう順番でするかについてはけっこう頭を悩ませる方が多いだろうと思う。

役者は一応話が来た順番に仕事をするのが鉄則で、あとから来た話がその前に来た話よりはるかに有利であっても、前の話を蹴って有利なあとの仕事を選択するのは非常識として業界から爪弾きにされる。たった一日の仕事のために、ひと月働けるチャンスを逃して泣いた役者の話はいくらも聞いた。

いっぽう作家の場合は話の来た順番に仕事をする鉄則というものはどうやらないようで、私は初期のころPHP研究所とお付き合いして、その間に講談社で時代小説大賞なるものを頂戴したときに、講談社サイドの仕事を優先するように言われて面くらい、私の感覚だとそんな非常識な真似はできないので、PHPの仕事を優先した。以来、仕事は来た順番にやるという私なりの原則を通しており、なぜならどの出版社から本を出すほうが有利かなんて考えるのも面倒くさいし、そもそも出版界全体がタイタニック状態の今どきはどこで本を出してもそうたいして変わらないと思えるからであります(笑)。

で、以前PHPが先か講談社が先かで揉めたときも、最終的にはPHPの担当者と講談社の担当者の話し合いで決着したが、作家不在で出版社同士が話し合うというのもこの業界ならではの仕組みのようで、担当者同士は知り合いであることが多いらしい。

漫画家さんの場合は一社専属のようなかたちで仕事をなさってることも多いようだが、昔はともかく今の作家は大概何社ともつき合いがあるし、担当編集者もある意味ではライバルになるのだけれど、一方ではお互いに手を取り合って大勢の作家を囲うかたちを取っているらしい。以前、某社のとても正直な編集者が「要は編集者同士が手をつないで生け簀を作って、そこで魚を飼ってるようなもんなんですよね」と私に洩らして、なるほど！　とおおいに納得したのだった。

2007年3月

三月八日（木）　八宝菜、肉団子、根菜サラダほか

美容院の帰りに近所の総菜屋でゲット。ＮＨＫの『クローズアップ現代』を見ながら食事。今回はアレルギー症の問題を扱っていたが、先日来どうやら私も花粉症を発症しそうな気配だったので、このところ毎日ヨーグルトを食べて甜茶を飲んでいる。

先日お会いした生物学の長谷川眞理子教授がやはり花粉症で、毎日ヨーグルトを食べると少しは症状が緩和されるというお話だった。花粉症に乳酸菌がなぜ効くのかについての理由が伺えなかったのはザンネン。

甜茶は私が前にＴＶで見た、どうせ「あるある大事典」ネタか何かなので、気休めに過ぎないとはいえ、こうなればもう「鰯のアタマも信心から」であります。

三月九日（金）　深川丼モドキ、菜の花のお浸し

なぜモドキなのかというと、中身がアサリじゃなくてアオヤギだから。近所のスーパーでアオヤギのむき身を見かけて間に合わせに使ったが、やや堅いし貝の味が濃すぎて失敗。酒のおつまみにするならいいかも。

昼間は幻冬舎の担当編集者、ヒメこと木原さんが『吉原手引草』の見本をご持参になり、早くも「週刊現代」のインタビューをお受けして編集部の佐藤氏、ライターの山川徹氏とお目にかかった。これは今回初めて知ったのだが、最近の出版界には「バインドプルーフ」というものがあって、作品の内容がほぼ完成し、装幀がまだできていない段階で、ちょうど学校の文集のような形にして書評家の方や新聞雑誌の編集部等にお送りし、店頭に並ぶ前にお読み戴くかたちを取ることがあるらしい。で、山川氏はそのバインドプルーフを何度もお読みになってわが家にお越しになり、いろいろと鋭いご質問を頂戴した。なにせ題材が「吉原」だから、けっこうきわどい話にも触れつつ、私がなぜ現代にあえて「吉原」を取りあげる気になったのかという話を長時間させて戴いた。

三月一〇日（土）　海老チリソース

新潮社の皆様ごめんなさい。先日の鉄板焼きで大量の肉に目を奪われてうっかり出しそびれた海老が冷凍庫に眠っていました。なので今晩のメニューはコレ。生姜、ニンニク、長ネギのみじん切りと一緒に炒めて豆板醤、酒、ケチャップ、鶏ガラスープ、オイスターソースと醬油少々で味つけし、おしまいにレタスと溶き卵を入れてマイルドに仕上げた。われながらけっこうおいしくできて満足。

今日の夕方行きつけのブティックで採寸をしたときに、手の甲が真っ黒に日灼けしてるのを見とがめられたので、ガラパゴスに行った話をしたところ、「ああ、それってたしか石原都知事がいらしたとこですよねえ」と言われてムカッとした私です(笑)。

三月一一日(日) 絶食

昨晩はご飯をたっぷり食べた上に、こりゃマズイと思いつつ食後の菓子をつまむ手が止まらなかった。で、頭が重く感じたのでめずらしく後かたづけもちゃんとせず床に就き、朝までグッスリ眠ったのにどうもイマイチ気分がすぐれない。それどころか吐き気を催して黄色い水を吐いてしまった。

にもかかわらず乗馬のしたくをしていったん外に出たものの、風の冷たさに恐れをなして家の中に戻り、クラブにキャンセルの電話を入れて、しばらく昼寝をしたら今度は吐き気が激しくて水を飲んでも吐く始末。これはいつものパターンなのであわてず騒がずとにかく寝て、今さっき夜八時に目が覚めたところだ。さすがに食事をする気にはなれず、塩を入れた番茶を飲んだだけ。明日になれば復調してまたガバガバ食べ出すだろうと思う。たまにこの手の絶食がないと容姿をキープしきれない(笑)私であります。

昨晩の話から書きだしたのは、すでに私の躰がかなり鈍っていたのを証拠立てるためでもある。整体的にいえば、人の躰はだれでも毎日すこしずつ歪んでいるのに、躰が鈍感になってキャッチできずにいると、ひどい病気になったり、高じるとポックリ死にも至る。だとすれば「鈍感力」の強い人がこんなにも大きな顔をしてのさばっている(ことに政治家!)日本の現状はまさに亡国の前兆といえるのかもしれません。

三月一二日(月)　ポトフ

絶食明けの定番メニュー。「いつもみたいに明日はきっとカレーだよ」と言い合う友人の顔が目に見えるようである。

今朝は六時起きで仕事をして、早々と晩ご飯。胃腸はもう完全に復活して、近所で何を見ても嗅いでも食べたくなったが、肝腎のおいしそうな春キャベツがなかなか見つからなくて、スーパーを二軒ハシゴしても結局ダメ。これも暖冬のせいだろうか。一昨日の晩から今朝にかけて通算二十六時間もぐっすり眠ってしまったが、夢うつつのなかで小説のネタを一本思いつき、起きてから考え直してもなんとか使えそうなネタなのでラッキー！　物書きは転んでもただでは起きないのであります(笑)。

三月一三日（火）　カレーうどん

ポトフ明けの定番、カレーです(笑)。昼間は税理士さんと電話のやりとりで確定申告の最終調整をした。物書きは源泉徴収で先に一割もさっぴかれてしまうので、還付金で相当のお返しを願わなくてはならない。また年によって収入にばらつきを来すのもフリーランスの哀しさで、去年は収入が少し増えた分、税金が増えるのも当然とはいえ、なんと去年の倍もとられる形になったのはどうにも納得がいかず相談をしたのだが、必要経費を認めすぎるわけにはいかないという税理士さんの判断に結局は従うしかなかった。

この時期は確定申告をなさる皆様がこうした格闘をなさっておられることと思う。にもかかわらず、なんとか還元水やペットボトルの水を光熱水費として認める税務署がいったいどこにあるってんだ！　馬鹿も休み休み言え！　と怒鳴りつけたくなるのは菅総務相だし、「今、水道水飲む人なんてほとんどいないんじゃないですか」と嘯く当事者、松岡農水相に至っては何をか言わんやである(怒怒怒)。「美しい国」が聞いて呆れる史上サイテーの内閣を擁した今のニッポン国で、はたして真面目に税金を払う必要なんてあるんでしょうか。

三月一四日（水）　五穀米弁当

整体治療の帰りに東横のれん街でゲット。家にいることが多い商売なので、外出したときには車内の中吊り広告を物色するのを楽しみにしているが、この時期の週刊誌は昔から相変わらずのお受験合格者ネタでつまらないこと夥しい。中でふと目をひかれたのが、例のメール問題で話題になった永田衆議院議員の妹が「SMの女王様」だった！というネタで、さもありなんという気がしたくらいであります。

三月一五日（木）　鰆の南蛮漬け

QPではサバの南蛮漬けを紹介していたが、珍しく国産のサワラが手に入ったのでこれになった。ネギのほかに椎茸とアスパラガスを素揚げして加えた。南蛮酢には生姜の千切りも加えてわれながら上出来の味。近所の大島さんと一緒に食事。

桂米朝事務所の大島さんはうちと同じ通りで三百歩ほどしか離れていない場所にお住

まいなのでよく道でバッタリ出会う。今日は一度出会って別れたあとに「ねえ、あそこで着物を買ったんだけど見てくれない」という電話がかかってきた。近所にフリースペースがあって、週替わりでさまざまな市が立つが、今週は和服の古着市だった。彼女は私と別れたあとそこに立ち寄って物色していたら、例によってぞろぞろと人が集まってきたらしい。大島さんと私には昔から「賑わし神」の運というか才能(?)があって、とにかく自分のいる場所がなぜか妙に賑わってしまうのだ。で、今日もその才能が発揮された結果、「なんだかお客様がいらしてから急にうちが繁盛したような気がいたしますので」と店の人に感謝され、そこそこいい着物二着に帯と袋物までつけてなんと二万円！　の出血サービスでゲットした上で、「なにせこの才能を他人様に認めてもらえたのは嬉しいわよ」とのこと(笑)。「賑わし神」は周囲に利益をもたらすも、本人はただただ大変なばかりで、彼女は現在落語ブームのまっただ中にあって、事務所にいると電話が次々かかってトイレに行く暇もないくらいなので、今日は思いきって外に出たのだということでした。

三月一六日（金）　担々麺ほか

さいたま芸術劇場でシェイクスピア作／蜷川幸雄演出『恋の骨折り損』を見た帰りに近所で食事。初日開幕前のロビーで翻訳を手がけた松岡和子さんとお会いしたら「とにかくみんなきれいよ。芝居は小父さんたちが健闘なさってるの」と仰言ったが、舞台を見てなるほどと頷けるものがあった。

男優だけの蜷川シェイクスピアではすでに『お気に召すまま』や『間違いの喜劇』を見ているが、今回は「男タカラヅカ」といった雰囲気が極めて濃厚で、ストーリー自体も往年の少女マンガを彷彿させるものだ。王と三人のご学友が禁欲の誓いを立てた直後にフランス王女と三人の貴族の娘があらわれてそれぞれが恋に落ち、駆け引きに熱中し、王女の父が死んだことをきっかけにまたそれぞれが本気モードになって一年後の再会を期して別れるという筋立てで、そこに道化役の風変わりな貴族や庶民の男女がからむ。登場しただけで笑えたのは風変わりな貴族役の藤井びんで、劇団「転位21」で活躍していた頃を知る者にとっては笑撃的な演技だった。これまたビックリしたのが王女の侍従役を演じた青井陽治で、私は彼が『ベント』の本邦初演に出たのを見ているが、多くの人は翻訳家兼演出家だと思っていたのではなかろうか。昔は下手な役者だったこの方が今回達者な演技を披露なさったのも意外で、松岡さんの仰言った「小父さんたち」ってこの人たちだったのねと納得したのである。

2007年3月

「みんなきれい」のほうは男女八人の貴族を演じる若手俳優だが、実質的に主役をつとめたのは高橋洋で、膨大なセリフを巧みにこなして大健闘ながら、原作に沿った役作りとしてはもう少し皮肉な味わいがほしかったところだ。もっとも同行した文藝春秋の編集者、内山さんはなにせ彼の長年のファンだからよだれを垂らさんばかりに見入っていた(笑)。

三月一七日(土) ラムチョップの赤ワインソース
三月一八日(日) もんじゃ焼きほか

昨日三月一七日の夜にはQPで見た「ラムチョップの赤ワインソース」を食して、これがオススメだったのでブログにしっかりレシピを書き、併せて近所の三茶シネマで見た映画『王の男』についてコメントを記したにもかかわらず、こちらの操作ミスで一瞬のうちに消してしまったのでした(涙)。書いてから消すまではほんの十分ほどしかなかったのに、このわずかの間にしっかり読んで投書までなさった方がいたのは驚き。

今日一八日は例によって乗馬に出かけ、そこで元PHP研究所の編集者、熊谷氏ご夫妻にお会いして、帰りに曳舟駅前のもんじゃ焼き屋で食事をご一緒した。おふたりはクラブの無料乗馬チケットを持って試乗にいらして、な、なんとクラブの入会を即決してしまわれた。しかも夫婦揃ってご入会というから驚きだ。

　私はこれまで乗馬帰りに寄って何度かおふたりとお食事をご一緒したが、断じて乗馬を一緒にやりましょうなどと勧誘した覚えはない。そもそもはクラブの「インストラクター養成講座」のチラシを見て興味を持ち、出版人として取材する気でアクセスしたところ、無料乗馬券が送られてきたので一度トライしてみたくなった。で、試乗してあまりにも気持ちが良かったので入会する気になったのだという。これぞ「ミイラ取りがミイラになる」であります(笑)。

「乗馬クラブというと最初はもっと近寄りがたい雰囲気かと思ってたけど、全然そんな感じじゃないんで気楽に入れたんですよ」とのご感想は私と同じで、今や乗馬もかなり庶民的な広がりをもつ人気スポーツとなってきたのは確かだろうが、それにしてもわがクラブの雰囲気は意外なほど気さくである。もちろん中には自馬をお持ちの方も当然いらっしゃるわけだけど、金持ちふうに気どった感じの人なんてまったく見かけないし、とにかく皆さん人当たりがよくて、かつそんなに他人に構いたがらない個人主義的な人がほとんどなのでとても居心地がいい。私が長続きしてる大きな理由でもある。

　かつて陸上競技のアスリートでもともとアウトドア派だったのに、今はデザイナーと

2007年３月

してインドア生活を送っておられる奥さまのほうは大の動物好きでもあるから、「うちだとペットが飼えないので、ここに来ればいいと思って」入会を決められたらしい。この動物とのふれあいという点も乗馬を今日に流行らせる大きな要因だろう。さほどに現代人は人との関係に疲れやすいのだともいえそうだ。

三月一九日（月）　鶏肉とサヤエンドウの卵とじ

ＱＰで見た超カンタンな春らしい彩りの逸品。フライパンで出汁、味醂、塩、薄口醤油を併せて煮立て、薄く粉をふったささみと絹さや（私は好みでスナップエンドウに変更）を入れてさっと熱を通し、溶き卵でとじるだけ。卵を入れてから蓋をしてすぐ火を止めるのがポイント。

一昨日の操作ミスで消したラムチョップのレシピも悔しいので書いておきます（笑）。ラムチョップは塩胡椒し粉をつけて表面をこんがり焼いて取りだしておく。同じフライパンでニンニク、玉ねぎ、セロリのみじん切りを炒め、赤ワインをたっぷり注ぎ、酢と砂糖、鶏ガラスープの素、水、隠し味にしては多めの赤味噌を入れてソースを作り（このソースがおいしい）、ラムチョップを戻し入れてしっかり火を通す。マッシュポテトを添えて盛りつけ。手の込んだ料理に見えて意外に簡単にできるのでオススメだ。

これを作った日の夕方は近所の三茶シネマで韓国映画『王の男』を見た。すでにご覧になってる方やこれから見ようと思っている方も大勢いらっしゃると思うので詳述は避けるが、なんだかヤオイ系女性客の動員を狙ったとおぼしき邦題とは全然違って、シンプルなストーリーで「芸能」と「権力」の関わりを直截に描いた骨太の映画である。邦画だと野上弥生子の『秀吉と利休』を映画化した『利休』などにも共通するテーマだが、扱われているのが高尚な芸術ではなく実にプリミティブかつ猥雑な芸能であるところが面白かった。それにしても、いかにフィクションとはいえ、大まかな時代設定さえわからないので（日本なら十五、六世紀といった雰囲気だが）、改めて隣国の歴史に対していかに無知であるかを痛感した。以前バリ旅行をしたときも現地の方とお話をして、こちらがインドネシアの歴史にまったくといっていいほど無知なのを恥じた次第だが、今の学校ではアジア史をもう少し詳しく教えてるのだろうか。それともいまだに何やら臭い物にはフタ式でアジアとの関わりを封印してるのだろうか。

2007年３月

三月二〇日（火）「リストランテ　アモーレ」

今最もホットなエリア東京ミッドタウンがすぐそばで、今夜は大勢の外国人で賑わっていたこのイタ飯店の料理はすべてストレートかつシンプルな味つけと見せかけながらじつは奥深いニュアンスがたっぷり込められている。前菜二品、パスタ、魚でもうお腹が一杯になるほどポーションも大きい。どれもおいしかったが、中でもカジキのソテーは絶品！　カジキをこんなにおいしく戴いたのは初めてだ。ほかに野菜のグラタン（これもおいしかった）、菜の花とブロッコリーのパスタなどを戴く。

集英社の担当編集者、八代さん、栗ちゃんと小説の新連載の打ち合わせをかねての会食だったが、今宵はそれよりも栗ちゃんがなんとオメデタ！　ということで大いに盛りあがってしまった。今五か月で最近男の子と判明したそうである。八月の出産を控えて今は何かと大変だろうけれど、少子化時代にあってこうしたニュースが聞けるのは他人の身でも喜ばしいかぎりである。

とにかく周りの若い女性で子どものいる人があまりにも少ないのはそれぞれの事情があると思うが、いざ子どもができると女性に負担がかかり過ぎるという点が働く女性にとっては大いなる悩みの種であろう。栗ちゃんの話で面白かったのは、ダンナさんの会社が育休を男女併せて三年も認めているので、最初の一年は栗ちゃんが育休を取り、次の一年はダンナさんが育休を取らせてくれと会社に訴えているらしいということだった。それをいざ実行に移すとなるとまだまだ多少の抵抗はあるだろうけれど、ぜひとも実現して、男女共同参画社会がかけ声ばかりじゃないんだってところを見せてほしいと思う。

三月二一日（水）　とんぶりと山芋&イクラとイカの突出し、アボカドと魚介のサワークリームソース、鯛のマリネ、春山菜の天ぷら、牛肉と大根の煮物ほか

福光邸で旧友の光武さん、百田さんと会食。

四半世紀以上にわたる友人の福光さんは二十七年勤めた文化出版局を今年ついに退社なさって、小石川の豪邸で優しいご主人と可愛らしいお嬢さんとともに悠々自適の日々を送っているが、なにせ「ミセス」誌の編集者としてさんざんおいしいものを食してこられたから料理の腕前はプロ級で、量も半端ではない。今日は天然の真鯛をふんだんに用いた和食フルコース全八品を堪能し、デザートの自家製シフォンケーキでメるまで六時間ほぼ食べっ放しで、いつもながらにお腹が苦しくて寝られません(笑)。

今年になってから初めて会った園芸ライターの光武さんは「今日は朝から葉ボタンの

花の撮影だったんですよ。今年は何もかも早く咲くから撮影の進行がせわしなくて」と暖冬異変の影響をもろに語られた。かたやイラストレーターの百田まどかさんは「年末年始はエロ三昧だったんですよ」とのこと。なんと例の騒動で話題になった叶姉妹・叶恭子の本『Love&Sex』の挿絵を手がけたのは彼女だそうで「百田さん、ここまではちょっとやりすぎじゃありませんか」と編集者がボツにしたほどのカゲキな挿絵もあったらしいから出版が待たれます(笑)。で、その彼女が福光さんと見てのけぞったというマニアックな台湾映画『西瓜』のすさまじいエロチシズムを聞いて、これまた機会があればぜひ見たいと思ったのでした。

三月二二日(木) そのまんま地鶏、水菜と油揚げのサラダ

「これが、例のヒガシコクバル知事が宣伝してたやつよ」といって百田さんにもらった真空パック入りの地鶏をさっそく戴いたが、歯ごたえがしっかりあって、味つけもいい。そのまんまお湯で三分間温めればいいようになっていたが、私はネギと併せてフライパンで炒めた。サラダは胡麻油と酢、醤油を併せた自家製ドレッシングで食す。

知事といえば、福光さんは友人に頼まれて浅野史郎氏を推した後援メッセージが実名

で全国的に公表されてしまったそうであるが、昨日は桜金造が立候補したのは公明党票を浅野氏に回さないようにする戦略なのだという話も出て、ええっ、ウッソー、公明党の支持者って桜金造にでも入れてしまうレベルなのかよ〜! と叫びそうになった私である。彼の立候補宣言をTVで見て、ギャグにもなってないし、ああ、この人はアルコールか何かが脳に来てとうとうコワレてしまったのかと思ったくらいだ。

コワレてるといえば黒川紀章氏は近ごろの山本寛斎的コワレ方をしているような気がしてならない。立候補者の中であのドクター中松がまだまともに見えるのが怖い! 今回の都知事選であります(笑)。

三月二三日(金) 鯨の刺身、鯨の竜田揚げ、ハリハリ鍋

幻冬舎のヒメと渋谷のシネクイントで蜷川実花監督の映画『さくらん』を見たあと「くじら屋」で食事。

『さくらん』はもう少しマイナーな作りの映画かと思って見たが、どうしてどうして立派なエンターテインメントとして仕上げられた良い意味で予想を裏切る快作だ。前半は原作のマンガをほぼ忠実に再現して、マンガならではのギャグっぽいシーンを織り混ぜながら、押さえるべきところはきっちり押さえた撮り方をしている。とにかく衣裳・セットともに赤と青の原色をメイントーンにしてド派手でキッチュな色遣いをして一歩間違えば完全に悪趣味になるところが暗い背景と組み合わせた構図の巧さでみごとに救われており、そこらあたりはさすがに写真家出身監督の腕の冴えというべきだろうか。吉原の花魁をガラス鉢の金魚に見立てた映像はややストレートに過ぎる比喩だが、かつての鈴木清順を彷彿とさせるシーンでもあった。

主人公の花魁はとにかく男にモテまくってやたらに貢がせてる今どきの女の子と二重写しで描かれていて（花魁の衣裳がシャネル調だったりするのがおかしい！）、そんな女の子にもじつは内心とても純なところがあり、最後は純な気持ちを貫いて自分なりの幸せをつかむという、いかにも少女マンガ的なロマンにもとづく心地良いハッピーエンドが訪れるが、こうした映画をウソでなく撮れるのはやはり若い女性監督ならではだろう。全体に室内中心の暗い映像が一転パアーッと明るくなるラストシーンには生理的快感がある。椎名林檎の曲の入れ方もいいし、キャスティングも隅々まで行き届いている。主役の土屋アンナは相当にバタ臭い顔で、江戸時代にこんな顔をした花魁が実際にいてかつ男にもてたはずはけっしてないのだけれど、現代女性のある種の典型とそのロマンを体現するという意味ではスタイリッシュな彼女の容貌がぴったりはまっていたし、女性から見て好感が持てる。映画全体として見たとき、これは別に吉原を舞台にした時代劇映画ではないし、ノリとして近いのはニコール・キッドマン主演の『ムーラン・ルージュ』かなあ？　という気がした。

三月二四日（土）　寒鯖の一夜干し、クレソンのお浸し、メカブ

きのう鯨を食べながら、鯨をもっと食べないとほかの魚が捕れなくなるという話になり、鯨もおいしいけどそういえば鯖の干物もおいしいねえなんて話してたせいか、今日スーパーで鯖の一夜干しを見たら無性に食べたくなりました。

食事を終えてTVでフィギュアスケート女子フリー演技を見ていたら、妹から電話があって、「あんな人が芸〇〇賞を取らはるやなんて、ほんまに日本の文化もたいしたことないなあ」とおおいに嘆く。「やっぱり親の七光りやちゅうふうに周りはきっと思わはんのちゃう。本人さんもしんどいで」と要らぬ心配までしてみせた上で、「ほんま今の日本は政治家でもなんでも親の七光りばっかりや。あの頼んない安倍さんが首相になってからよけいにそんな気がする」とえらく憤慨している。「結局は弱者切り捨てで、七光りの金持ち同士でつるんで、『美しい国』の文化を守りましょうやなんて聞いて呆れ

るわ」と、共産党の人が聞いたら歓びそうなことを、少なくとも私よりは金持ちに違いない歯医者の妻が言うのだから、今の日本はどこかがおかしいと感じている人が相当あるだろうと思う。

「だからまあ今はスポーツに人気が集まるんじゃない。スポーツは実力がないと成り立たないからね」と言って電話を切ったあと、腰を痛めて二度も転倒しながらねばり強く滑ったキム・ヨナに心を打たれ、その直後に浅田真央が最初の三回転をみごとに決めてから一瞬怖いような表情で逆転勝ちに挑む決意もあらわに、気迫のこもった演技で場内を昂奮の渦に巻き込んだときは思わず目頭が熱くなった。演技終了後に珍しくぼろ泣きした真央チャンにもらい泣きしてしまった私であります。対象がなんであれ、日本にもまだ「感動」があったことに感謝いたします。

三月二五日（日）　わっぱ飯ほか

秋田駅ビル内で食事。仕事上のマネージメントをお願いしている進藤さんのお父様が二三日に急逝された。朝方急に具合が悪くなり、十時過ぎに入院して十二時に亡くなるというあわただしさだから、当然ながら娘は親の死に目に会えなかったのである。亡くなられたらすぐ茶毘に付すのが秋田の慣習で、また宗教に関係のないお葬式を望んでいたという故人の遺志もあって、友引の今日がご葬儀となり、私は事務所メイトである守部さんとともに早朝の飛行機で秋田に向かった。

お父様に初めてお目にかかったのは十年前に竿灯祭りを見に行った折で、当時すでにかなりのご高齢だったが、自らハンドルを握って乳頭温泉や田沢湖にまでドライブしてくださるなどして、大変にお世話になった。たしか秋田が猛暑に見舞われた年で、ドライブ途中で食事をすると、お父様は必ず先に車にもどって冷房をかけておくといった気づかいをさりげなくなさる方だった。根っからのフェミニストで、NTTの前身旧電電公社で年上であった進藤さんのお母様と職場恋愛で結ばれたという話を伺っている。そうしたかつての筋金入り職業婦人だったお母様は八十六歳というご高齢にもかかわらずいまだ矍鑠《かくしゃく》として、ご葬儀でも気丈にふるまっていらしたのが印象的だった。

三月二十六日（月）　真子鰈のちり造り、春山菜の天ぷら、ウニの釜飯ほか

ポプラ社の芝田さん、矢内さんと西麻布の「茶寮つくし」で会食。生ウニを載せた丼はよくあるが、この店の釜飯は生ウニをお米と一緒に炊き込んで蒸しウニにするという

ちょっともったいないような食べ方で、量もタップリ！　ふつうの蒸しウニよりもやさしい食感で、鯛の子を炊いた感じと似ている。根っからウニ好きの私は控え目なおふたりを尻目に二膳目もしっかり頂戴しました。

芝田さんと初めてお会いしたのはもう四、五年前になるだろうか。当時は幻冬舎にお勤めで、木原さんの上司としてお目にかかり、吉原を舞台にした時代小説のご提案を戴いた上で、現在のソープランド街と化した吉原にもご案内を戴いた。そのときの記憶は今でも鮮やかに蘇るが、『吉原手引草』を執筆する上でのとても良い体験となった。

江戸の吉原には「引手茶屋」というものがあって、それが案内所の役割を果たしていたが、現代の吉原でもそれと同じような役割を果たす「喫茶店」が存在するのはビックリだったし、黄昏どきに黒服を着た体格のいい強面のお兄さんたちが「見世番」よろしく各店の前に整列している姿はじつに壮観だった。さすがにヒメと女ふたりではあの取材はできなかっただろうと思って、芝田さんには感謝していた。その後幻冬舎をお辞めになって独立されたと伺っていたが、いつの間にかポプラ社に移られて今度はなんと矢内さんの上司になられたというのだから世間は狭い！　というか何処も業界は狭すぎるのであります(笑)。

三月二七日（火）　和風スパゲティ

進藤さんのお父様のご葬儀の件を近所の大島さんに報告して、何かと話していたら夜の九時近くになってしまい、彼女があわてて晩ご飯のしたくに帰ったあと、適当に作った超カンタン料理。茄子と豚肉とミョウガとシメジを炒め、生姜汁と醬油、味醂を合わせたもので味つけ。急ぎのときはコレが一番。

三月二八日（水）　豚肉とキャベツのおろし蒸し

ＱＰで見た料理。塩、酒、生姜汁、醬油で下味をして片栗粉をまぶした豚肉を春キャベツでサンドイッチ状にして鍋に入れ、上に大根おろしをのせて蒸し煮にし、胡椒をふってポン酢で食す。今年はまだおいしい春キャベツに当たらなくて、このメニューもイマイチでした。料理の味は素材の良し悪しで左右されます。

食事をする寸前に進藤さんから電話があって、いったん東京に戻ってきたがまたすぐに帰郷するとのこと。まだ当分は大変そうだが、「植木等のことは一生忘れないわよ」と電話口で笑いながら言ったのは、お父様と死因がまったく同じだったからである。

2007年３月

私は植木等の絶頂期をライブで見ている最年少の世代だと思うが、三十代に突入する寸前にクレージーキャッツ映画が再ブームになって、当時の学生がよく見ていたという記憶があるから、私より十歳くらい年下の人たちの中にも植木ファンは確実にいるはずだ。SMAPの人気が過熱し始めたころ、私はクレージーキャッツを想いだして、キムタク＝植木等という説を唱えた。周囲からさほどの賛同は得られなかったが、今でも植木等＝キムタク説は堅持している。で、八十歳で亡くなればやはり「芸能界の重鎮」という呼ばれ方をしても当然なのだけれど、「重鎮」というコトバが彼ほど不似合いな芸能人も珍しいよなあ……とTVのニュースを見ながら思ったのでした。

夕方近所を散歩していたら早くも七分咲きの桜を見かけた。いい季節に逝かれたものである。

三月二九日（木）　お好み焼き、焼きそば

近所で進藤さんと食事をしながらこの間の報告や今後のいろいろを話し合った。彼女はなにせ仕事の〆切が迫っているので資料を箱詰めで郵送してから明日また帰郷し、四月にふたたび上京。仕事が一段落したところでさまざまな整理をつけに実家に戻るとのこと。とにかく実家と離れて暮らす身としては他人事ではない。

京都のわが家は両親ともに健在でしかもまだ現役で働いており、すでに現従業員の加藤君が店の後継者に決まっているのでその点の心配はまったくないのだけれど、それでも近ごろ夜中に妹と電話で話す機会が非常に増えているのは、正直申しまして、いざという時に姉妹間のコミュニケーションが巧く取れていないと困るからであります。

三月三〇日（金）　クラムチャウダー

ＱＰで見たレシピを参考に作った。まずベーコンと玉ねぎのみじん切りをバターで炒め、薄力粉を加えてルウを作り、アサリのゆで汁を注いで細かくした人参とジャガイモをじっくり煮込む。さらにスープの素と牛乳を加えて塩胡椒で調味し、下ゆでしたアサリを戻せば出来上がり。私はそこにニョッキを入れてすいとん風の食事にした。

昨夜電話したばかりの妹から先ほどまたＦＡＸが来て、見れば高齢者医療制度改正に関連した書類である。現在問題になっているらしいこの医療制度改革について、私はこれまでまったく無知無関心だったのだが、わが実家には大きな影響がありそうだという事実が今日判明した！

実家は料理屋なので両親は現在「料理飲食業国民保険組合」に加入しているが、来年の四月から「国保」「社保」「共済組合」いずれの加入者も七十五歳以上は全員強制的に「広域連合」の新たな保険に加入が義務づけられるために、これまでの料飲国保は脱退しなくてはならない。で、ビックリしたのは営業主が脱退すると従業員の加入も認められなくなり、それを回避するには営業主の変更を余儀なくされるという点である。

現在わが家は七十五歳の母親が社長を務めているが、この際に母親は引退して、多少あわただしくはあっても来年の四月までに後継者の加藤君に経営を譲る正式な手続きを進めたほうがいいのではないかという話になったのである。幸いすでに後継者がハッキリ決まっていたからいいようなものの、もうちょっと前にこんな話がもちあがっていたら、わが家は大騒ぎだったに違いない。

「ほんまに弱者切り捨てやで。やっぱり安倍になってからロクなことがない。（地方選の街頭活動で）共産党の人らが言うてはる通りや」という妹はかつて民主党びいきだったが最近どうやら共産党への傾斜を深めているのか、東京都知事選では足立区長の吉田万三氏に投票するよう私に強く勧めるので、「なんであの人がそんなにええのん？」と私がたずねると「そやかてあの人はもともと歯医者やったみたいやで」と答えて、歯医者の妻ならではの発言でした（笑）。

三月三一日（土）　肉団子

前にQPか何かでちらっと見たレシピを思いだしながら、適当に作ってしまった。肉ダネは豚と牛の挽肉を混ぜ合わせて（合い挽きではない）そこに生姜汁を絞り、塩胡椒で軽く味つけし、もどした干し椎茸と長ネギのみじん切り、水気を切った木綿豆腐と溶き卵を加えてしっかり練りあげ片栗粉をまぶして揚げる。出汁に砂糖、醤油、酢、塩で味つけし煮立ててから水溶き片栗粉でとろみをつけたあんをかけて出来上がり。菜の花の塩ゆでを付け野菜にする。

今日は久々に朝から原稿書きに集中できていっきに一本仕上がった。先週から今週にかけて何かと人様とお会いする機会があり、またわが家のことや何かで現実に軸足を置かないといけない時間が多すぎたので、土曜日でもいつものような半ドンにせず(笑)、朝九時から夜の十時過ぎまで、もちろん何度も休憩や食事を挟みながらだけれど、PCに向き合ってキーボードを叩き続けたのである。一応時代小説をメインに書く作家なのに、今どきは原稿用紙に向かって筆を取るというスタイルにならないのがわれながらおかしい。

某社の編集者に訊いたら現役の作家では七十パーセントの方がもうメール入稿をなさ

っているそうである。電子ブックのような形でダウンロードしてお読みになる読者の方は今や何パーセントくらいなのだろうか。本という形態はそれでも当分はなくならない気がするが、私は現代の活字本よりも江戸時代の木版本や写本のほうをむしろたくさん読んでいた一時期があるために、活字とてけっして永遠にメジャーなメディアではないというくらいの冷め方はしているつもりだ。四月にはまた出版業界にも新入社員がどっと増えるのだろうけれど、この時代にあえて出版社に入ってくる若い人たちっていったいどういうタイプなんだろう？　ある程度年をとった社員とはまったく質の違う人種なのでは？　などと少なからず興味が湧いたのでした。

二〇〇七年　四月

◆**今月の芝居**
『翁・三番叟』
『MANSAI解体新書Vol.11』

◆**今月の映画**
『太陽』／『ヨコハマメリー』

◆**今月のニュース**
東京都知事選で石原慎太郎氏が三選される
松坂大輔、メジャーリーグ初登板
京都取材旅行

◆**今月の本**
『フラット化する世界』

四月一日（日）上方寿司、もっちり豆腐、肉団子の残り

乗馬クラブの帰りに東横のれん街でゲット。

今日は早くも汗ばむ陽気だったので二鞍とも快走してくれる馬で助かった。二週間ぶりに行くと馬場周辺の景色がすっかり様変わりしてるし、人事異動でクラブの所長さんが替わったのもビックリ！　でもガラパゴス旅行のあと久々に会えた仲間もいたし、帰りは登山が趣味の女性と一緒になって、「来週は都知事選の投票を済ましてから来なくちゃならないけど、とにかく石原再選だけはなんとか阻止したいよねえ。そうなるとやっぱり浅野かなあ」なんて送迎バスの中で話し合ったのである。

「いやー、年度末をなんとか乗り切って、お昼まで寝てたんですよ。ああ、これでやっと思う存分馬に乗れる」と嬉しそうに語ったのは某大手企業にお勤めのキャリアウーマンで、私のほうは彼女から薦められた『フラット化する世界』を今日ようやく往き帰りの電車の中で読了した。

この本の著者は一九五三年生まれ（私と同い年！　なんてどうでもいいけど）の米国の一流ジャーナリストで、去年日本でも出版されて以来ビジネスマンの間では人気ダントツ一位にランクされ続けている書籍だと彼女に教わった。私は昔からこの手の文明批

評書がけっこう好きなほうなので早速買って読んでみたのである。

かなり厚めの上下巻で必ずしも読みやすい本ではないから、ぜひオススメとはいわないけれど、IT革命がもたらしたグローバル化が現在どこまで進行し、世界各国で今どういうことが起きているかを知り、日本の諸状況、今後の政治のあり方や教育の問題を考える上で大変役立つ本といえそうだ。

わかりやすく要約すると、今や欧米や日本を含んだ先進諸国における多種多様な仕事がインドや中国にアウトソーシング(外部委託調達)され、すこぶる人口が多い国の中から選ばれた優秀な人材が先進諸国のボヤッとしてる人間からどんどん職を奪っていくという現実があるいっぽうで、世界のどこにいても、大きな組織を持たない個人であっても、やる気と能力さえあれば自らを世界に発信できるようなインフラがすでに整ってそれなりのシステムも作られ、もはや近代国家の枠組を越えて人と人がフラットに交わることで新たな未来を築くような大きな潮流が生まれつつあるという見方が、多岐にわたる膨大な事例によって詳細に説かれている。こういう時代の子どもたちにはいったいどのような教育がふさわしいのかという問題もかなり大きく扱われているので、お受験や日本の学校教育に疑問をお持ちのお父さんお母さんたちには一読をオススメしたい。

世界各国のさまざまな国情も記されているが、なかでも個人的に驚いたのはアイルラ

2007年4月

ンドの現在で、ＩＲＡ問題であれほど揺れていた貧しい国だったのに、今や国民ひとり当たりのＧＤＰがドイツ、フランス、イギリスを抜いてＥＵでダントツ裕福な国に変貌を遂げているという事実である。これは政府、労働組合、農民、起業家が一丸となって緊縮財政に取り組むいっぽう、大学教育を基本無料化して労働者の知的向上を図り、国際企業の誘致に努めたことが功を奏したらしい。

それにしても国の舵取りをするトップがだれになるかはやはり肝腎で、米国はブッシュ政権になってからブロードバンド普及率が世界十三位にまで後退するなどというのはまだ序の口で、内向きの政治のツケがいかに深刻な問題を引き起こしているかも縷々《るる》述べられている。米国は民主党が勢力を回復しつつあるから、この本の前向きな提言も今後は活かされる可能性がでてきたのかもしれない。

日本はちょうど半周か一周おくれで米国の驥尾《きび》に付すといったかっこうで、無能な二世を御輿にかついだ利権屋政治をこのまま許していたら「美しい国」どころか「日本沈没」は必至だと、私はこの本を読んで確信しました。

四月二日（月）　肉じゃが

わざわざＴＶで見なくてもよさそうなものだが、今日のＱＰで見たレシピ通りに作りました(笑)。要は牛肉をスキヤキ風に炒めて、先に昆布出汁ベースの甘からい煮汁で半ば火を通したジャガイモと玉ねぎの上にあとから加えてさらに十分ほど煮込むというやり方だが、肉がやわらかく仕上がる。彩りに絹さやをトッピング。

ＴＶのニュースが朝からずっと各社の入社式風景を映しだすので、自分が松竹株式会社に入社したときのことをつい想いだしてしまった。

もう時効だから書いてしまうが、当時の松竹本社は一部上場会社とはとても思えないような古ぼけたビルで（『君の名は』ビルと呼ばれていた）、同期入社の十人に満たない人数が人事課の小部屋に入れられて、係長から三日間ほど社内研修らしきものを受けた。その係長は定年間際の方で、千田《ちだ》さんという名前を今でもハッキリ憶えている。「この会社はみんなチャン付けで呼び合う習慣があって、僕はちーチャンと呼ばれています」と白髪頭の係長が仰言ったので全員ドッと受けたのであった。

さすがに映画会社だと思ったのは『電話の取り方』という映画を見せられたときで、ビデオでなくフィルム撮影であるところがすごい(！)貴重な作品だった。和服に上っ張ちだんだんと制服がなくなってしまった。

当時まだ女子社員には制服があったが、会社を舐めた私たちは誰も制服を着ず、そのうたちは全員あきれ返ってしまい、とにかく新入社員全員が会社を舐めまくったのである。

ます」と話してる姿を見せられながら、今どきこんな電話がどこにあるんじゃ！　と私てるのだが、電話がたしかぐるぐる回すハンドル式で、交換手に「京橋の二番お願いしりを重ね着した戦前(?)の事務員さんが電話で応対してる風景を白黒フィルムで撮影し

　なんだかとんでもない会社に入ってしまったという危機感があったせいか、各部署バラバラに配属されたあとも同期入社組は皆けっこう仲が良く、しょっちゅう集まって自虐的ギャグ満載の情報交換をしたような気がする。社員の平均年齢はたしか四十歳を超えていて、女性社員の平均年齢でさえなんと三十六・九歳だったという記憶があり、大学院修了後の二十五歳で入社した私も十分若く見られて得をした。各部に怖いお局様が必ずいたし、入社当初の私は経理課に配属されてソロバン(!)でギャラ計算をし、それよりお茶くみとお茶碗洗いをしてた時間のほうが長かったような気がするくらいだが、今想いだすとあのころの牧歌的な雰囲気がとても懐かしい。サラリーマンは気楽な稼業ときたもんだ……てな雰囲気がまだ当時の会社にはあったのである。もっともそれは松竹だけだったのかもしれませんが。

四月三日（火）　豚肉と蕪のチリソース

ＱＰで見た料理。生姜のすりおろしと酒、醤油で下味した豚ロース肉に片栗粉をつけてフライパンで表面をこんがりと焼き、そこにニンニク、水、豆板醤、ケチャップ、砂糖、黒酢、醤油を加えて二十分じっくり煮込んでからカブ、セロリ、トマトを入れてさらに十五分煮込み、最後にカブの葉を加えて五分ほど加熱して出来上がり。野菜は煮込むので皮を剝いたりせずに済むから意外に簡単にできるし、味もけっこうイケル。

フジテレビの『ものまね紅白歌合戦』を見ながら食事。相変わらず物まね好きな私であるが(笑)、ネタがどんどんマニアックになって業界オチめいたものが多くなってきたのは何処でも見られる今どきの現象というべきか。それにしてもトリネタはやっぱり美空ひばりで、ひばりをライブで見たことがあるのかどうかも疑わしい若手タレントがウルウルして聴き入るのがおかしかった。

四月四日（水）　五穀米弁当、牛蒡サラダ

整体治療の帰りに東横のれん街でゲット。

いやー今日は寒かった。花冷えなんてもんじゃない異常気象であります。短距離の電車内ではかならず中吊り広告を物色するのであるが、今日は週刊誌の見出しがどれもこれもパッとせず、目に止まったのは「海外青年協力隊」募集のじみーなポスターだった。ああ、私が今二十代なら応募しちゃうのになあ、でも今の若い人は意外と内向きだからこれに殺到するなんてことはないのかも……などと思いつつふと横を見れば「シニア海外ボランティア」募集のポスターがぶら下がっていて対象者はなんと四十〜六十歳。これにはきっとものすごくたくさんの人たちが殺到しそうな今の日本国であります。

四月五日（木）　薫製の盛り合わせ、温野菜、魚介のパスタ

世田谷パブリックシアター開場十周年記念公演を見た帰りにスラッシュの守部さんと近所の「薫製屋ヌーベ」で食事。

十周年に能楽の『翁・三番叟』を上演して芸術監督の野村萬斎自ら若々しい三番叟を披露したのはめでたいかぎりだが、揉みの段は正直言って気組みに鋭さがいまいち欠けて、烏飛びもいささか迫力不足に感じられたのは劇場空間の違いが演者の集中力を妨げる面があったのかもしれない。もっともこうした祝儀演目にケチをつけるのはお門違い

というものだろう。

それにしても能楽はふだんどうしても「文学」に引きずられて見がちだが、この演目は本来トランス状態に誘う「舞い」=「ぐるぐる回る」が主体の芸能だということをよく伝え、バリ島で見た名人といわれている人のダンスに似たようなものがあった気もする。なにせ三番叟は「黒い色の尉《じょう》（お爺さん）」なのだから仏教とともに伝来した南方の芸能にそのルーツがあると考えるのはたやすい。

四月六日（金）　筍の木の芽和え、炊き合わせ、天ぷら、土佐煮、若竹汁ほか

春はタケノコ、秋は松茸が京都から送られてくるので毎年違った友人を呼んで食べることにしている。

とてもオーソドックスなメニューなので説明は不要だと思うが、「木の芽和え」は一応プロ（父親のこと）から伝授されたレシピをここに紹介しておく。木の芽だけをすりつぶして鮮やかな緑色を出そうとしたら苦くて食べられなくなるのでゆでたホウレン草で色づけするのがポイント。ゆでたホウレン草をすりつぶすときに砂糖を少々加えるとつやよく仕上がる。ホウレン草をしっかりすりつぶしてから木の芽を加えてさらにすり

上げ、白味噌と練り合わせてゆでたタケノコを加えれば出来上がり。私が使った白味噌は京都の「石野」製で、正月のお雑煮に使った残り。

今回何より大変だったのは木の芽探しだった。近所のスーパーは二軒ともなくて、国道246を横断した先の西友ではわずか五、六枚入ったパックがウッソー！　と叫びたくなる一九八円だから、そこからさらに八百屋さんを探してやっとリーズナブルな値段でゲット。西友の値段で「木の芽和え」なんかしたら木の芽と一緒に身上をつぶしてしまいそうである。関東人は木の芽を食べる習慣があまりないのだろうか。

四月七日（土）　アスパラとニョッキのクリームソース

前にTVで似たものをちらっと見たような気がして適当なレシピで作ったがけっこうおいしく出来たので満足。ニョッキは市販のもので間に合わせた。オリーブオイルで少量のベーコンを炒めて生クリームとコンソメスープの素、白ワインを注いでソースにする。ゆでたアスパラガスとニョッキを加え、最後にパルメザンチーズを振って仕上げた。お手軽にできるのでカロリーを気にしない方にはオススメ。

私はこのところまたまた食欲全開で怖いように食べているにもかかわらず、来週は某女性誌のダイエット特集に登場しなくてはなりません(笑)。たまたま私は新刊を出したばかりで新聞や雑誌から取材依頼が相次いでいたから、それがらみの取材だと思ってうっかりお受けしてしまったのだが、「乗馬ダイエット」といわれてもそんなに痩せたわけではないし、ああ、困った困った。てなわけで明日もまた乗馬に行きますが、オットその前に都知事選挙を忘れてはいけません。

票が割れた結果石原三選を許したら、やっぱり東京の人は石原が好きなんだ……と思われても仕方がないのは情けない。

四月八日(日)　鰆の西京焼き、枝豆とがんもの煮物、鶏と蕎麦のサラダ

乗馬の帰りに近所の総菜屋でゲット。この季節は馬場周辺の春景色も楽しみのひとつだ。送迎バスの車窓から散りかかる桜や満開の梨畑や土手を彩る菜の花を望み、馬柵に沿って植わったチューリップを愛で、馬上で靄然《あいぜん》とした空を見あげつつ風に吹かれる心地よさは格別だった。

ところで乗馬に出かける前に投票所に行ったら意外なほどたくさんの人出があって、しかもいつにもまして高齢者がぞくぞくと詰めかけていたので何やらイヤーな予感はしたが、帰ってTVを見たら案の定、圧勝による三選が決しており、東京人はやっぱり石原が好きなのでした(涙)。

おそらくこの間のマスコミによる石原叩きや、反石原を訴えるしか能のない対立候補が、かえってある種の判官びいき現象を引き起こしたものと推測されるが、日本人には昔からこの手のヘキがあるので、夏の参議院選でも意外に安倍政権の健闘が想像されてしまうのは恐ろしい!

それにしても某国と違って日本の「民主党」があまりにも不甲斐なく人材に乏しいのはいかんともしがたい。「反石原」とか「反自民」とかいう古ぼけた野党精神ではもはや人心が動かないことを感知する能力すらないのでは、安倍以上に頼りないと見られても仕方なかろうと思う(怒)。かくして高齢者人口の多いこの国で保守反動政権が長持ちして今後さらに内向きの風潮が瀰漫《びまん》し、そのことでますます若年層の民族主義的右傾化が強まれば、いずれまたその大きなツケを払わされる日が来るような気がする。

四月九日(月) 鱈のみぞれ鍋

この季節にどうして鍋? とお思いでしょうが、熱帯のスコールのような土砂降りのあと急に寒くなったのでコレ。

妹の電話によれば、京都もなんだか妙に寒くて花が長持ちしてるし、平安神宮あたりはまだ五分咲きとのこと。来週アタマに取材で行くから、この分だと私は久々に京の桜が見られそう。京都に里帰りするという感覚は昔からほとんどなくて、たいてい仕事がらみか、友だちと一緒に観光(笑)であります。

ところで仕事と遊びが一緒くたになるのは京都のいいとこでもあり、困ったとこでもあるという話を昔よく芝居関係者に聞かされたもので、「あそこはホント不思議な土地だよね。みんな遊んでるから、こっちも遊ばないわけにはいかなくて」昼は名所見物、夜は祇園に先斗町で時間もお金も羽が生えたように飛んでいってしまい、ひと月興行に出演すると、ちょうどそのひと月のギャラがパアになるのだという。もちろん京都の人が「みんな遊んでる」のではなくて、京都に来た人が遊んでるのだけれど、まるでハワイみたいに思われてるようだったので、出身者の私としてはちょっと複雑な心境でした。

四月一〇日(火)「トラットリア　シチリアーナ　ドンチッチョ」

講談社文庫の神保さん、デザイナーのミルキィ・イソベさん、スラッシュの進藤さん

2007年4月

と会食。ここは惜しまれつつ閉店した外苑前の「トラットリア　ダ　トンマズィーノ」の石川シェフが渋谷に復活させたシチリア料理店だそうで、お味はどれも大変けっこうでした。ことに前菜のカポナータ二種、鰯とウイキョウのパスタ、ルッコラペーストとクルミのクリームパスタは非常にオススメ。メインディッシュで肉料理を二皿も食べてお腹がはちきれそうなのに、メレンゲのソルベとナッツをミックスしたシチリア風デザートがまたとてもおいしくてスプーンが止まらず、明後日にダイエット特集の取材を控えている人間にとっては罪な店だとしかいいようがありません。

神保さんとミルキィさんはお仕事上のつき合いがありながら意外にも初対面だったそうで、最近おふたりが組んでなさった装幀の話から、いろんな作家の話になった。「えっ、そんな作家がいるんだ！　それダレのことなの？」と訊いたら「名前はとても出せません！」てな具合で神保さんが逃げまくるので、「ならブログに書いちゃおうかなー。こんな作家がいるそうですが、誰だかご存知ですか？　って」と言うと「ヤメてくださーい！　私が言ったってバレたら会社クビになりまーす」とのことだから、武士の情けであえて書きません(笑)。

四月一一日（水）　ニラ玉、鮭の南蛮漬け、白和え

「スカパー！」のミステリチャンネルで『吉原手引草』の取材を受けた帰りに近所の総菜屋でゲット。

ミステリチャンネルには作家が登場して自身の新作を語るコーナーがあって、竹橋の社内スタジオで簡単な打ち合わせ後にすぐ収録となり、放送時間は五分一本で二本撮りされたが、いやー、思いのほか巧く喋れなくてマイッタ、マイッタであります。

NHKの古典芸能番組には三十代のころから何度も出演してTV撮りは相当馴れてるつもりだったし、長めのラジオ番組もアナウンサーの方のおかげでわりあい無難にこなせたから、今回はすこし油断してその場で適当に流せると思ったのが大間違いで、短時間にいわば簡潔な自己紹介をするのはいかに難しいかを痛感した。

家に帰ってきたら先日取材を受けた四月八日付の毎日新聞がポストに入っていて、こっちが適当に喋ったことにきちんと筋を通して巧くまとめられたベテラン内藤記者の手腕に脱帽！　その前に取材を受けた「週刊現代」のインタビュー記事も大変面白く書かれていたし、第三者のフィルターを通すとやはり当人の思いが絞り込まれて、よりストレートに伝わるという印象を持った。ミステリチャンネルのほうも編集でなんとか巧く

まとめて戴ければ幸いである。

四月一二日(木) 鶏団子鍋

けさ日本中が注目したであろうレッドソックス松坂の第一球を、私はワゴン車内のTVで見ました。例のダイエット特集の取材で、マガジンハウスの方々が午前八時ジャストに迎えに来られて、そのまま高速で乗馬クラブに直行。まだ人が少ない馬場で騎乗姿を撮影されたあと、年に何度とない絶好の乗馬日和だったので、レッスンも受けることにして二鞍騎乗。午後八時に帰宅後は近所の大島邸でスラッシュの進藤さんと会食。てなわけでこれまた年に何度もない原稿を書かない平日でした。

四月一三日(金) 絶食

昨夜ちょっと寒かったので嫌な予感がしたけれど、今日は朝からすこし風邪気味で、二、三日前から徐々に落ちていた食欲が完全になくなり、水と塩を入れた番茶ばかり飲んでいる。日曜から京都に取材旅行を予定している身としては、ヤバッという気持ちでいっぱいだ。なにせ京都に行ったら「川上」の料理を食べるのが楽しみなのに(笑)。

四月一四日(土) キャベツとツナ缶の酒蒸し、お粥

絶食明けの定番はキャベツスープだが、今日は少量で簡単にできるキャベツ料理にした。春キャベツとツナ缶を鍋に入れて酒と塩をふりかけて蒸し煮にするだけ。TVか何かで見て、とにかく手間いらずなので一時よく作っていた。

体はイマイチ本調子とはいえないが、とにかく明日からポプラ社の矢内さんと一緒に京都へ取材旅行に出かける。初めて現代物の短編小説を書き下ろすための取材で、刊行予定はまだずっと先の話だけれど、せっかくなら久々に桜が見られる時期にしたいと思ったのだった。

ところでこの時期の京都はすさまじい観光客の波が押し寄せてどこもかしこもごった返してるようだから、祇園町のど真ん中に位置するわが実家にたどり着くのは、冗談でなく、人波をかき分けかき分けで至難のわざとなる。以前、これは某誌のエッセイにも書いた覚えがあるが、実家にタクシーを呼んで乗り込んだとたん大勢の素人カメラマンにぐるっと取り囲まれて激写に遭い、一瞬誤認逮捕でもされたのかと震え上がったもの

だ。つまり実家近辺でタクシーに乗るとかならず舞妓さんだと思われてしまうのであります(笑)。家のいちばん近くにあった化粧品屋はあぶらとり紙専門の「よーじや」と変わり、やはりいちばん近くの葉茶屋は東京のわが家にいちばん近いスーパーにまで抹茶アイスを卸す「辻利」だったりする。

　京都は今や街全体が巨大テーマパークと化しているが、たまに雑誌の京都特集などを見ると、あらゆる職種の店舗に相当数のニセモンが氾濫してるようで、ええっ、こんな店あったっけ？　というような店がいきなり創業ン百年だったりするのがおかしい(笑)。家としては古くからあってもその商売を始めたのはほんの最近という店でも創業ン百年を名乗ったもんがちみたいで、そういうことに全然チェックが入れられないくらい今どきは不見識な出版社も多いという事実を皆様よくご承知の上で京都旅行をなさったほうがいいと思います。

四月一五日（日）　京都取材旅行①

　朝十一時過ぎに京都入りして、まず実家の「川上」で点心を食べながら店の今後の方針を後継者の加藤氏、わが妹夫婦らと相談。その後ポプラ社の矢内さんと合流して『都をどり』を見物。百二十五年前にスタートしたこの日本初のレビューも久々に見るとなかなかよく出来たものと感心させられる。晩ご飯は矢内さん、妹夫婦、甥ともども先斗町で会食するも、私は弱った胃腸を気づかってほとんど何も食べなかった。

四月一六日（月）　京都取材旅行②

早朝は修学院に住む妹の案内でホテル近くの宝ヶ池を散策。その後加藤氏と合流し、有限会社「川上」を加藤氏に引き継ぐための相談で大阪の法律事務所に赴く。両親に報告後ようやく矢内さんと一緒に高台寺を拝観して近辺を散策後、「川上」で晩ご飯にありつく。懸案事項に片が付いたせいか驚くほど食欲が戻り、さらにびっくりしたのはブログの読者で、私の帰郷をご存知だった「中村屋」さんから「川上」の店に「助六寿司」を頂戴していたことだった。香り、食感ともに豊潤な海苔を使ったこの店の小巻は絶品で、ああ、懐かしい！　と叫びたくなるような味わいを今日にキープなさってるのに感心しつつ、「川上」の味を受け継ぐ加藤氏の今後を見守りたい心境だった。

四月一七日（火）　京都取材旅行③

二泊目からはこの三月にオープンしたばかりのホテルモントレ京都に宿を移して近所の「イノダコーヒ店」でこれまた懐かしのモーニングセットを食したあと、地下鉄とバスで祇園に戻り、円山公園から徒歩で将軍塚に向かった。

これまでは取材旅行と銘打ちながら私用にかまけており、ここから本格的な取材を敢行。といっても、要は子どものころの遊び場をめぐる旅である。

今回はポプラ社の矢内さんが京都をテーマにした現代短編アンソロジーの出版を企画されて、「祇園を舞台にした小説はすでにいくらもありますが、お客さんの目から見た祇園ではなく、そこで育った人の目から見た小説を」というお話だったが、こんなふうにはっきりと題材を示されて執筆依頼を受けることは意外に少なくて、これまで「ミステリーを書いてみませんか」と言われたマガジンハウス、「捕物帖を書いてください」と言われた角川春樹事務所、「吉原を舞台にした小説を」と言われた幻冬舎に次いで四作目となる。捕物帖スタイルで「並木拍子郎シリーズ」を立ち上げたあと、「こういうものを書いてもらえたらなあ」というふうなニュアンスの依頼が某社からあったけれど、そういった二番煎じ企画をいけしゃあしゃあと口にできるセンスには呆れてしまって当然お引き受けはしなかった。料理は味がイノチ、出版人は企画力がイノチであります。

将軍塚は東山の山頂だが、小学生のころ平気で毎日のように登っていたので油断してヒールの高い靴で行ったところ、意外な急峻で足の甲が痛くなるわ、人けのない山道に迷うわで同じ場所を降りるのが躊躇され、山頂から逆に下る舗装道路を辿って九条山のバス停まで降り、そこから河原町に戻って「月ヶ瀬」でクリームあんみつを食す。ここの寒天は東京にない柔らかさでおいしい。

「月ヶ瀬」でゆっくり足を休めたあと、今度はまた東山に向かって平安神宮から南禅寺へと歩きまわり、ふたたび祇園にもどってバスで室町に向かい、『膳處漢《ぜぜかん》ぽっちり』で晩ご飯。この間朝九時から夕方五時過ぎまでほぼ歩きっぱなしで、おつき合いくださった矢内さんも私に負けず劣らずの健脚ぶりだ。

京都では近ごろ旧家の建造物をそのまま使った「町家カフェ」なるものが大流行だと聞いていたが、『膳處漢』はその手の人気中華レストランのようで、趣きある店内は満員盛況。こっちはとにかく歩き通しだったからメチャメチャお腹が空いてて何もかもおいしく戴けました。

2007年４月

四月一八日（水）　鴨南蕎麦

お昼の新幹線で東京に戻ってすぐその足で麹町のお茶の稽古場に向かい、帰宅してから近所の蕎麦屋に駆け込んだ。しかし京都も寒かったが東京の寒さにはびっくりで、せっかく風邪が治ったと思ったのにまたぶり返してしまった。二月と四月がアベコベになった感じである。

四月一九日（木）　ぶり照り焼き、筍と生麸の焚き合わせ

京都で買ってきた「麸嘉」の生麸が早く食べたくてこのメニューになった。

昼間は女性誌「アンアン」の取材を受けて幻冬舎のヒメとも会い、ラジオの文化放送で取材を受ける話を聞いた。で、対談のお相手は往年の美人女優、日本のボンドガールとして知られた浜美枝さんということなのだが、現在の肩書きは「女優・農業研究家」となっていて、後者の肩書きが非常に気になってしまった。今はどこかの農村でお暮らしとか、米作りをなさってたりするのだろうか。ひとりの女優にどんな転機が訪れて、どんなふうに考え方が変わっていかれたのか、とても興味があるのでお目にかかるのが

楽しみである。

四月二〇日（金）　筑前煮、鱒の南蛮漬け、シーザーサラダ

三軒茶屋シネマの帰りに近所の総菜屋でゲット。前からどうしても見たかった映画が近所で二本立上映されており、今日が最終日だったので仕事を夕方早目に切りあげて映画館に直行した。

一本は昭和天皇裕仁を初めて主人公にした『太陽』で、現人神《あらひとがみ》と奉られていた天皇が戦後に自ら「神格」を捨て、奪われていた「人格」を獲得するという壮大なテーマをじつにこぢんまりとした日常の中にドキュメンタリータッチで描こうとした映画だ。主演イッセー尾形のそっくりさんぶりは映画『クィーン』のヘレン・ミレンにも匹敵するが、いかんせん「人格」を奪われていた天皇を「子どもみたいな人」としてしか描けない映画そのものの不備もあって、イッセーの単なるそっくりさんショーに終わってしまった観は否めない。それにしても口を半開きにしていた癖や、歩く恰好、空を見あげる姿勢など驚くほど似てるのにはびっくりさせられた。

もう一本は『ヨコハマメリー』で、これは友人である現代人形劇センターのプロデューサー、塚田さんに強く薦められて見たくなった本物のドキュメンタリー映画だ。「ハマのメリーさん」と呼ばれた名物女性の一生がさまざまな人の証言で淡々と綴られていくが、そこに時代の流れが鮮やかに映しだされ、見終わって、こんな人がいたのか！という驚きよりも、どんな人の一生も面白くて、哀しくて、切なくて、美しいのだという発見を新たにさせられる、じつに優れた作品である。

メリーさんは戦後の日本で「パンパン」と呼ばれていた米兵を相手にする街娼のひとりで、舞踏の大野一雄的白塗りメイクをして七十四歳まで横浜の街角に立ち、一九九五年のある日忽然と街から姿を消す。そこから数々の証言が始まって意外なほど明るくてしかも泣けるラストを迎えるが、ドキュメンタリーでありながらそのドラマチックな構成力と、感傷的な映像を排した監督（中村高寛）のセンスは素晴らしい。まだご覧になってない方は機会があればぜひとも！　とオススメしたい一本だ。

ところでメリーさんならぬ吉原一の花魁がある日忽然と姿を消すところから始まる拙著『吉原手引草』はおかげさまで早くも増刷が決定しました。

四月二一日（土）　メカジキと玉ねぎの味噌炒め、アスパラガスの練り胡麻和え

過日QPで見た料理。酒と醤油で下味したメカジキに片栗粉をふって軽く炒めていったん取りだしておき、玉ねぎを炒めて味噌、砂糖、酒、醤油少々を合わせたタレで味つけし、メカジキを戻して炒め合わせる。メカジキは火が通りやすいので手早くさっと炒めるのがポイント。簡単にできてご飯に合うおかずだ。

明日は区議選とあって、街宣車がうるさく走り回るので、夕方はもう仕事にならず散歩に出た。で、街角の掲示板の前で立ち止まって、七十枚以上もあるポスターを見ながら、ええっ、コン中からいったいダレを選べってェの〜てな感じでスッカリめげてしまった。もちろん地域選挙は民主主義の基本だとわかってはいても、区議レベルになると判断基準がまるでわからないのである。地元で商売でもしてたらなんらかの判断材料はあるのかもしれないが、こういう仕事をしてて、子どもがいないとなると、直接関係することってほとんどなさそうな気がして、とりあえず自民党・公明党以外の人というくらいのことでしかなく、明日は乗馬に出かける前にちゃんと投票所へ行くかどうかも疑わしい。区議選よりもむしろ仏大統領選でサルコジとロワイヤルのどっちが勝つの？に興味をそそられてしまうイケナイ私であります(苦笑)。

2007年４月

四月二二日（日）　ちらし寿司、もっちり豆腐、根菜のサラダ

乗馬の帰りに東横のれん街でゲット。強風のなか、落馬する人が相次いでビクビクものだったが、幸い二鞍とも従順な馬にあたって難なく騎乗できた。馬は木がざわざわするのが嫌いなのかと思っていたら、ヒューという風音のほうがもっと嫌なのだそうで、停止しているときにその風音が聞こえると確かにツツーと横走りするのがおかしかった。騎乗したあとは蹄を洗って油を塗ったり、ブラッシングをしてやるが、ブラッシングが気持ちよくて馬は鼻の下をビローンと伸ばしながら、早く厩舎に帰ってメシが喰いたいといった感じでさかんに足掻きするのも可愛いかった。

じつは馬が本当に可愛いと思えるようになったのは最近で、以前に比べてサイズの大きさがちっとも気にならなくなり、でかい犬といった感じで触れ合えるので、馬上でも恐怖心が起きず我ながらゆったり乗れている気がする。つまりは習うより馴れろが馬術の基本なのだろう。今や亀と同じくらい愛すべき存在になりつつあるが、「この馬はクラブ一の美形なんですよ」とインストラクターに言われると、そこまではまだちょっとなあ……である。亀の顔立ちに関しては美形かブーかひと目で判別できます(笑)。

ところで現「美しい国」づくり政権「大言壮語」内閣にＮＯ！　を表明できる数少な

い機会だと思い、投票所にもしっかり行きました。

四月二三日（月）　ハンバーグステーキ

今日のQPで見たレシピは生地にもソースにもマヨネーズを入れるのがポイントだったが、何がなんでもスポンサーの主力商品を使わせようとする魂胆がみえみえなので私はあえて入れませんでした。生地に入れる玉ねぎの半分は細かなみじん切りにして電子レンジで柔らかくしておき、半分は粗みじんで生のママ使って食感のアクセントにするのがもうひとつのポイントで、あとはごくふつうの作り方であります。

NHK・BS2で映画『仮面の男』を見ながら食事。これはすでに二度も見てる作品なのに、今夜の放映は別に仏大統領選とは関係ないんだろうなあと思いつつ、また見てしまった。それにしても登場する三銃士の配役はじつにイメージぴったりで、ことにジェレミー・アイアンズのアラミスなんて原作者デュマも大満足じゃなかろうか。

ところでこれは太陽王ルイ十四世に鉄仮面をかぶせられた双子の弟がいて、彼は当初あまりにも暴君だったから途中でその弟とチェンジさせられたという荒唐無稽なお話だが、徳川家光に実は双子の弟がいて途中で……なんて時代小説を今どき書いたらただのアホです(笑)。

四月二四日(火)　韓国風鰹丼、わかめと豆モヤシのスープ

ＱＰで見た料理。醤油と味醂を合わせてニンニクと生姜のすりおろしを加えたタレにカツオを漬け込んで、胡麻油と塩で味つけし胡麻と海苔を混ぜ合わせたご飯に載せ、キムチを足して小ネギをちらせば出来上がり。スープはニンニクと生姜のみじん切り、豆モヤシを胡麻油で炒めてから鶏ガラスープとわかめを加えて塩胡椒で調味。

今日は取りあげるべきもっと大事なニュースが他にあるだろうに、私がちょっと気になったのは元女優の愛染恭子が姪に暴行して逮捕されたという小ネタであります。

愛染恭子の名付け親はわが師匠の武智鉄二先生で、愛染さんが『白日夢』に続いて『白日夢2』に出演され、先生がほかにも『花魁』を撮るなどして「ホンバン監督」の悪名をほしいままにしておられた当時、私は映画の助監督こそしなかったけれど、歌舞伎の演出助手として先生のおそばにいたから愛染さんともお目にかかっている。で、当時ビデオ版で「世界名作ポルノ全集」を撮るという企画があり、第一作はなんと彼のジェイムズ・ジョイスの『ユリシーズ』で、私はその制作のデスクを短期間任されてもい

たのでした。

自分の師匠をこういうのもなんだけれど、武智先生ほどおかしな人を私は後にも先にも見たことがなくて、以来どんな方にお会いしても別にフツーの人に見えてしまうのである。こと日本の古典芸能に関していえば、単に該博な知識があったばかりでなく、あれほどの確かな見識をお持ちの方は他にいなかったと断言できるし、それは日本の古典芸能にまだ本物の名人が存在した当時に師が莫大な私財を投じて得られたものだけに他の追随を許さなかった。そんな人が今から半世紀も前に「ヌード能」と称して裸の女性とプロの能楽師を同じ舞台に立たせてしまうというような暴挙の数々を繰り広げ、映画を撮っては公然わいせつ罪で起訴されて、ある意味で反権力文化人の象徴のようにふるまいながら、なぜかいきなり参議院選に自民党から出馬というようなムチャクチャな世渡りをしてそれまでの支持者を一気に喪い、芸術面での功績まで台なしにして、結局はどんな人だったのか世間にはあまりわかられないままに一生を終えられたのだけれど、私から見れば本当にうらやましいくらい好き勝手し放題の人生で、親炙《しんしゃ》しながらもその域には到底達せられないのがなんとも悔しい(笑)。

で、なぜこんなふうに改めて武智先生のことを書いたかといえば、妹からの電話で『吉原手引草』をネットで見たら、HPでご推奨くださっているある方が、私のことを『花

2007年4月

魁』の映画監督、武智鉄二最後の弟子と紹介されていたと聞いたので、自分でも少しは書いておこうと思ったのでした。武智師の話は書きだすとキリがないので今日はこのくらいにしておきます。

四月二五日(水) ミニ天丼、冷やしたぬき、出汁お好み焼き、もんじゃ焼きほか

世田谷パブリックシアターで野村萬斎の『MANSAI解体新書』を見る前に近所で食事し、そのあとスラッシュの守部さんと一緒にまた軽く食べてしまう。

このトーク&パフォーマンス・シリーズも十一回目を迎えてさすがにネタ選びが苦しくなってきたようだ。今回は近代以降日本の古典芸能で大変重要な特色と考えられるようになった「間《ま》」の問題を茶の湯のパフォーマンスや脳生理学者の研究によって解明しようというもの。舞台に茶室のセットを組み、露地や待合いも設えて、茶事の一部を実際にやって見せるという試みはなかなか面白かったし、ゲストパフォーマーである武者小路千家の若宗匠・千宗屋もそれなりに喋れる人ではあるのだけれど、「間」をどうとらえるかの解明に巧く結びついたとはいいにくい。もうひとりのゲストである若手の脳生理学者・池谷裕二はいわゆる錯覚や錯視という現象から空間的な「間」の効果を語ってくれたが、芸能における時間的な「間」の解明にまではたどり着けなかった。

四月二十六日（木）　クレソンと豚肉の辛子マヨネーズ和え、千切りスープ

ＱＰで見た料理。豚薄切り肉は塩と黒胡椒で下味し片栗粉をまぶしてゆでる。クレソンは茎の部分だけさっとゆでておく。あとはマヨネーズと辛子、醤油少々で和えるだけ。スープは玉ねぎスライス、人参とジャガイモの千切りをオリーブ油で炒めてからスープを注いで塩胡椒で調味。

このところ『キユーピー3分クッキング』は以前よりマヨネーズを使う料理が露骨に多くなったように思うのは気のせいだろうか。ひょっとしたら主力商品の需要に翳りが見えてきたので、なんとか盛り返そうとしてるのかもしれない(笑)。とにかくお好み焼きをはじめ日本人がなんでもかんでもマヨネーズをつけて食べるようになったのは近年である。私が子どもの頃にはなかったことで、食文化の変容の筆頭にあげたいくらいである。なのでＱＰはこの間ものすごーく儲けたに違いないとにらんでいるのだが、むろん製造工場もどっと増やしたはずで、増やしすぎて生産過剰に陥り、需要の促進が大命題となってスポンサー番組に波及してるのではなかろうか？　なんてバカバカしいことを考えてしまったが、私は昔からこうしてちょっとしたことから愚にもつかない妄想をするのが大好きなのであります。それにしても頼まれもしないのに毎晩これだけＱＰの宣伝をしてる人間も珍しいのでは？

四月二七日（金）　五穀米弁当、海老サラダ

整体治療の帰りに東横のれん街でゲット。

外出時は電車の中吊り広告を物色するという安あがりの趣味を持ってる私だが、今日乗った田園都市線は全車両がＪＲ東海の「うましうるわし奈良」キャンペーンで埋められており、その中でちょっと気になったのが鹿の写真をバックにした「さを鹿の」というキャッチコピーのポスターで、これはどう考えても春のポスターに使う季語ではなかろうと思い、ボディーコピーを読むとやっぱり牡鹿が牝鹿を求めて鳴く話が書いてあるので断然季節は秋なのである。動物は春に発情するのが多いけれど、鹿の発情が秋だというのは百人一首の「奥山に紅葉踏み分け鳴く鹿の声聞く時ぞ秋は悲しき」で誰でも知ってるように思っていたが、まさか今どきのコピーライターは百人一首さえ知らないのだろうか？　いや、いくらなんでもそんなことはあるまい。きっと春夏秋冬のポスターを張っていて、たまたま私が目にしたのが秋用のポスターだったと思いたいのですが……。

四月二八日（土）　焼きビーフン

具は豚ロース、小海老、キャベツ、セロリ、パプリカ、ネギ、シメジ、もやし、生姜とニンニクのみじん切りと盛りだくさんで、鶏ガラスープ、塩、ナンプラー、胡椒、胡麻油少々で味つけ。

仕事が一段落して、ちょっと怪しい雲行きだなあと思いつつも散歩に出かけたが、一天にわかにかき曇り……と大薩摩が入りそうな感じでたちまちすさまじい雷雨となり、近所の大型店に降り込められて、つい要らぬ買い物までしてしまった。まさにスコールだったので晩ご飯も熱帯風に。

それにしても今年の異常気象はおさまるところを知らない。このところ近所を散歩してると、いつもよく目にする松の木にビックリするほどたくさんの松ぼっくりがなってるのをちょっと気にしてて、思えば五十年以上も生きてきて、こんなふうに松ぼっくりを気にして見るなんてことはなかった！　のである。なんでもかんでも異常気象と結びつけちゃいかんと思うのですが……。

四月二九日（日）　鶏肉と根菜の黒酢和え、筍のそぼろ煮、シーザーサラダ

乗馬の帰りに近所の総菜屋でゲット。

好天の下、新緑冴えわたる馬場で二鞍騎乗。仲間の話を聞くとやはり昨日は突然の雷雨で大変だったらしい。なにせ音に敏感な馬だけに雷鳴で昂奮して暴れるといけないから全員すぐに馬から降りてそばを離れるようにいわれたのだとか。

ところで今日は往き帰りの車中でずっとゲラを読んで過ごした。といっても拙作でなく東京創元社から出版される「中村雅楽全集」第三巻のゲラで、私は基本的に文庫本の解説や書評の類はお断りしてるのだが、これに関しては故・戸板康二先生のご著書だけに解説をお引き受けしないわけにはいかなかったのである。

ＴＶで先代の中村勘三郎が演じた雅楽探偵シリーズを憶えておいでの方はまだたくさんいるだろうと思うが、戸板先生はこのシリーズを手がけたミステリー作家というよりも、私にとっては歌舞伎の啓蒙書で最初に名前を知った演劇評論家である。東京創元社も一般にはミステリー専門として知られているはずだけれど、私にとってはやはり「名作歌舞伎全集」全二十五巻を刊行した出版社なのだ。

「戸板先生にお目にかかったときはもう喉頭癌の手術をなさったあとでお話らしいお話をした覚えはないのだけれど、武智先生の助手としてそばにいた私に畏れ多いくらい丁寧なご挨拶をしてくださったのが今も忘れがたい。

私は若いころ小説を書こうなどとは夢にも思わず、もし筆で立つなら演劇評論家・研究家の類だとして、小学校高学年のころからその手の本を読みまくっていた。そこでまず手始めに早稲田大学の演劇科に学んで河竹登志夫、故・郡司正勝両先生の謦咳《けいがい》に接し、大学院時代は服部幸雄先生はじめ多くの研究者の知遇を得て、その後はもっぱら武智先生のご指導を仰ぐことになったのだが、中ではいちばんご縁が薄かった戸板先生と後年こんなかたちでご縁が生じようとは！　ホント人生はわからないものです。

四月三〇日（月）　豚の生姜焼き

こんなものは教わらなくても作れそうだが、ＱＰが指摘したポイントは肉が丸まらないよう焼く前に筋切りをしておくことと、火を通し過ぎないことでした。

いきなりの初夏で、昼間は原稿を書きながら初汗をかき（連休中でも仕事してます！）、夜は食事しながら怖いのは嫌だなあと思いつつもＮＨＫ・ＢＳでホラーな『悪魔の手毬唄』をついつい見てしまった。原作者の横溝正史は私の学生時代にリバイバルして一大ブームを巻き起こした作家である。市川崑監督が手がけた同作家のシリーズ映画化はいわばメディアミックスの嚆矢であり、仕掛け人の角川春樹氏は出版社の社長という存在を初めて私に印象づけた人だった。私に限らず同世代なら誰でもそうだろうと思う。

この方は後にいろいろあって下獄されたが、獄中でお読みになられた数少ない本の中に拙著の並木拍子郎シリーズ『二枚目』が入っていたらしい。で、出獄されてから「『あれはいいよ。とても面白かった』といって、私が賞められたんですよ」との話を担当編集者の原重役から聞かされたときは、妙に嬉しかった覚えがあります(笑)。

二〇〇七年　五月

◆今月の舞台

『藪原検校』
『死のバリエーション』
『毛抜』／『新門辰五郎』
『能楽現在形』

◆今月のニュース

フランス大統領選でニコラ・サルコジが当選
社会保険庁、年金記録漏れに怒りの声
日本ダービーで六十四年ぶりに牝馬優勝
松岡農水相が自殺
陣内智則・藤原紀香、結婚披露宴

五月一日（火）　空豆とペンネのカルボナーラ

ＱＰで見た料理。カルボナーラに空豆を入れただけだからレシピは省略する。カルボナーラは余熱で仕上げるのがポイント。火を入れすぎるともろもろになる。

小泉政権下の「教育特区」構想がいまだに生きていて、わが世田谷区では「国語」のほかに「日本語」という教科が増えたらしい。今日のＴＶニュースでちらっと見ただけなので多くを語るつもりも、資格もないが、小・中学校の教科書にしてはえらく難しそうな文章が載っていて、あれをちゃんと教えられる先生が今いらっしゃるのかどうか疑問に感じたほどだ。漢文を多くして、内容が完全にわからなくてもいいから、読み下し文の韻律に親しむようにさせたいという意図があるようで、これはまさに「素《そ》読《どく》」の復古教育だから、なんて大時代なのかとビックリしたのである。

私自身は漢文の読み下しがけっして嫌いなほうではなくて、まず時代小説を書くときに昔しっかりアタマに入れた『論語』や『荘子』がけっこう役に立つし、『楚辞』の「衆人皆酔いたり我一人醒めたり」なんて普段でも呟いたりするのだけれど(笑)、世田谷区の教育長が仰言った「日本語でちゃんとコミュニケーションが取れて、キレたりしないような子どもに育てたい」というような理念と漢文とはあまり結びつかない気がする。とにかく教科書を丸ごと読んだわけでもないからこれ以上はなんともいえないが、英語教育におけるシェイクスピアの戯曲やソネットに相当するものを日本の古典文学に求めるのがきわめて難しいことだけは確かだろうと思う。

五月二日（水）　いさきの刺身、もずく酢、筍とアスパラガスの味噌マヨネーズ和え

筍とアスパラの味噌マヨ和えはこの時期よく作るが誰に教わったか憶えていない。やっぱりQPかもしれない(笑)。

昨夜またわが妹と電話で話をしていたら「うちのエイジなんか『やっぱり軍隊あったほうがええのんちゃう。躰も鍛えられるし』て言うねんで」と嘆き、「きっとガッコでそんなふうに言うセンセがいてはるんやで」と立腹していた。甥のエイジは仏教系の私学に通う高校一年生で、そこは昔からスポーツ関係に力を入れる学校でもあるので、妹としては、さもありなんという感じだったらしいが、果たしてその学校だけなのかどうか、ちょっと気になるところである。

私は戦後の生まれで、民主主義と平和主義のまっただ中で教育を受けた口だから、あとに続く世代にまさか国家主義や狭隘な民族主義を唱える人びとが現われることなど想

像もしなかったのだけれど、現実は案外そうでもないようだし、私のまわりにいる三十代のある女性編集者が「やっぱり日本の男は全員自衛隊にでも入れていっぺん鍛え直してもらったほうがいいくらいですよ」と半ばマジに言ったりしたので、この問題は今やけっこう深刻に憂慮すべき局面を迎えているように思われてならないのだった。

憲法改正論者の中には、日本が正式に軍隊を持つ国として自他共に認められ、戦争も辞さない国であることを内外に主張すべきだと考える人が確実に存在しており、「そうでないと舐められますよ」と慶應大の小林節教授が語った理由はバカバカしいくらいわかりやすかったが、とにかく腕力がないと舐められるというふうに考えるのは今も昔も変わらぬ男の子どもっぽさだろうと思う。二十一世紀になっても人類がそうした子どもっぽさを克服できない現実を前にすると、何をかいわんやという気分にもなるのだけれど、果たして舐められるのは腕力がないからだけかというと、そうでもなくて、口べたで人間関係の要領が悪い子もやっぱり舐められるのではないか、と日本の外交を見ると思えるのである。

日本人が外交べたなのは何も今に始まったことではなくて、日米修好通商条約を改正するのにどれだけ手間取ったかという歴史的事実を見ても、また太平洋戦争の開戦に至る経緯を見ても言えるが、そんなに駆け引きのへたな子がなまじ腕力を持ったら、いっなんどきカーッとキレて、またしてもやけくそで暴力を振るうようになるかもしれず、私はそれを大変に恐れている。

日本国は腕力を持つよりは、もっと人間関係において賢い子に育ってほしいものである。日本人が世界を相手にするとなぜ口べたで要領が悪くなるのかといえば、国内でさえ閉じた社会の中で通り一遍のコミュニケーションしか取らない人が多いためであり、超単純化して言うと、自分が本当に思うことを正直に話して相手に訴える能力を日常の中で磨こうとしないどころか、むしろ鈍麻させる傾向にあるからにほかならない。要は根が臆病な人が多いからこういうことになるのだと思うが、臆病な人にかぎって強がったり、キレたりしやすいのが困りもので、今の社会を見てるとその傾向がどんどん強まってるような気がする。

とにかく憲法九条を改正して日本も戦争ができる「普通の国」にしようとお考えの皆様には、もっと自分たちの足もとを見ろ！　と憲法記念日を前にして私は言いたいのであります。

2007年５月

五月三日（木）　鰻丼、水菜と油揚げのサラダ、ナメコ汁

馬事公苑の帰りに蒲焼きをゲットした。三軒茶屋はまだところどころ「三丁目の夕日」的スポットが残された町だが、そうした一角の鰻屋は「昭和の二枚目」といった渋い雰囲気の青年が目の前で炭火焼きしてくれる。ツケダレもあまり甘くなくておいしい。

連休後半初日の今日はすこぶる上天気なので午前中に仕事を片づけ、バスに十分ほど乗ったところにある馬事公苑で例年この時期に催されるホース・ショーを見に出かけた。一昨年、来日公演を見に行った騎馬オペラ『ジンガロ』もかくやというような美しい曲馬やダンス、大障害レースにポニー競馬と盛りだくさんなイベントが無料で見られるというわけで、馬好きがどっと押し寄せて場内は「カワイー」と「カッコイー」の大合唱である。私は長ムチと馬の足を保護するプロテクターが欲しくて、帰りに公苑のすぐそばにある馬装専門店にも立ち寄ったが、そこもセール中とあって文字通り長蛇の列ができているのにビックリ！　なにせ単価の高い商品が多いだけに、今や乗馬産業の収益はGNPにとってバカにならない数字ではないかという気がするくらいだ。

五月四日（金）　筍寿司

ＱＰを参考にして適当に作った。具は甘辛く煮たタケノコと油揚げ、蒲鉾、ミョウガ、卵。ミョウガを酢に漬けて入れるとぴりっとした辛みが出ておいしい。

昨日は触れなかったが、馬事公苑から帰ってきたらビックリしたことがあった。カメ♀がなんとベランダで卵を産んでた！　のである。躰に比して驚くほどデカイ卵を二個も。カップルの♂はやる気満々ながら未熟者で（笑）巧く合体できてないようだったし、床面にぽろっと産み落とすのはたいがい無精卵だというから、さほど責任は感じなかったけれど、このところなんだか♀の様子がおかしいという気はしてたのである。

♂の性徴は一昨年あたりからあらわれて、去年はわが家を訪問した美人編集者の足首にいきなりしがみついて白い液状のものをぶちまけるなどという不埒な行為に及んで飼い主をあわてさせたが、♀はまだまだネンネだと思っていた。それが二、三週間前から急に食欲が落ち、前足を踏ん張って後ろ足で蹴るような動作をしきりに繰り返すので、最初は便秘かと思い、やがて、ああ、これは卵を産む準備のようなものかもしれないと見当はつきながら、まだ本当に産むところまで行くという気はしなかったのである。

一昨日はとても小食で、昨日の朝は和室で寝ている私の枕元に来て、ふだんおとなしい♀にしては珍しくこちらの顔をひっかいて暴れたので、お腹が空いたのだと思ってエサをやったが、それほどは食べずにウロウロしていた。で、エサと一緒にベランダに放りだして出かけてしまったのである。あとから思うと私の顔をひっかいて暴れたのは陣痛の苦しみを訴えたというわけだろうか。それにしても爬虫類のくせに哺乳類を頼りすぎのカップルであります(笑)。

ともあれ昨日はさすがにグッタリしてた♀が今朝は元気でエサもしっかり食べていた。で、カメの飼育書を読んだところ、うちで飼ってる種のカメは年に二十個くらい産むそうで、今年からどんどん産み始めるとなると、そのうち有精卵になるだろうから、そしたらいったいどうすればいいのだろうか。いっそどんどん孵化させてカメのブリーダーを目指しましょうか。

五月五日（土）　深川丼、アスパラガスの胡麻和え、菖蒲の節句蒲鉾

蒲鉾は実家から送られた京都の「茨木屋」製。鯉のぼりや吹き流し、兜、菖蒲等々見た目の面白さばかりでなく味もいけます。

昼間は作詞家・音楽評論家でエンターテインメント分野のレポーターとしても知られ

る麻生香太郎さんの取材を受けた。というより同年代で同じ関西出身、お互いエンタメ好きだから話しやすいのもあって、ひとしきり歓談に時を過ごした感じだ。芝居に映画にマンガにスポーツといろんなエンタメ話が出たが、「最近のTVのシナリオはホントひどいですよね」と言ったら「あんたが書いたらどうですか」と即座に切り返すあたりがさすが大阪人である(笑)。で、最近の本でオススメは宮内勝典著『焼身』とアイン・ランド著『水源』とのことだったのでさっそく注文しようと思う。早くも「今年の一番はコレでしょ」と『吉原手引草』を推してくださったのは嬉しい。

ところでご連絡を頂いてから急きょお会いできたのは深夜メールのおかげだが、昨夜遅くまで起きていたのはNHK・BSで懐かしい新派の『明日の幸福』を見たからである。中野実が書いたこの喜劇は子どもの頃に見て非常に面白かった覚えがある。初演(昭和二五年)から半世紀以上たった今日に改めて見ても、そこそこ鑑賞に堪えるのだから、不朽の名作といってもいいのだろう。時にドタバタ喜劇風の展開になりながらも姑、母、嫁の女三代を通して時代の推移を語らせ、「家」に縛りつけられた過去の時代における女の不幸が顕在化する中で心地よいカタストロフィーが訪れ、嫁を迎えたばかりの息子が「僕らには明日の幸福がありますからね」という幕切れのセリフで若さと希望にあふれる戦後ニッポンを象徴する。今の若い人はこんなセリフが吐けないだろうな

2007年5月

あ……と思い、暗然とした。

五月六日（日）　中華総菜

乗馬の帰りに東横のれん街でゲット。

今日は朝から悪天候だったにもかかわらず、クラブの競技会が敢行され、フォーマルな乗馬服に身を包んだベテランの人たちがカドリールを土砂降りの中で披露されたのは見ていてお気の毒だった。カドリールというのは馬のシンクロみたいなもので、人馬が音楽にのっていろんな動き方をしてみせるのだが、日ごろお喋りしてる仲間がカジュアルな装いで初出場し、こちらもその気でしっかり拝見してたら、今年になってチームを組んで練習したというわりにはそこそこ見せるのでビックリした。見てるだけでもけっこう面白いから、やってるほうはさぞかし楽しいだろうと思う。私のほうはまだとてもとてもそんな域には達してなくて、今日もレッスンで二鞍騎乗したばかりであります。で、競技会があった関係で今日はレッスンの時間帯が早まったから、あわてて家を出たせいで往き帰りに読む本を忘れたのが残念！　じつはこのところちょっとハマってるのが東京創元社から刊行されている戸板康二先生のミステリー「中村雅楽探偵全集」で、そもそもは第三巻の解説を依頼されたので読み始めたのだが、今は既刊の一、二巻にも手をつけていて、無我夢中になるほど私にとっては面白いのである。もっとも肝腎のストーリーはそっちのけで、コレのモデルはきっとあの人だ！　これってたぶんあそこのことじゃないの？　といった、もっぱらこちらの下世話な推理で楽しませてもらっている（笑）。それにしても一巻あたり二十本前後の短編が収録されていて全五巻もあるというのは驚きで、戸板先生がこんなに膨大な量のミステリーを書いておられたことを知る演劇関係者は今やほとんどいないのではないか。小説好きよりも芝居好きにオススメしたい。ことに商業演劇のオールドファンが読んだら堪えられないだろうと思う。

五月七日（月）　金目鯛の煮付け、豚キムチ、筍の土佐煮、ふきの煮物ほか

近所の大島邸でスラッシュの守部さん、ブログのデザイナーでもある三村さんと会食。

五月八日（火）　鶏肉のソテー茸ソース

ソースは玉ねぎ、ニンニク、マッシュルーム、舞茸のみじん切りをオリーブ油で炒めて白ワイン、塩、胡椒で味つけしたもの。玉ねぎをじっくり炒めて甘みを引きだすのがポイント。

昼食時にNHK・BSでフランスのTV放送を見たが、やっぱりというべきか、パリで暴動が起きているようだ。なにせ「社会のクズ」発言で名を馳せたサルコジ新大統領の誕生とあって、学生や若年労働者のカゲキ派が投石や火炎瓶で市中を破壊している様子と警官のすさまじい鎮圧活動が映しだされていた。私が若い頃は日本でもしょっちゅうこの手のシーンが見られたが、それを想いだすと世の中はえらく様変わりしたものだとつくづく感じてしまう。

従来は左派系の支持層だった地域でも今回は右派に転じた地域が多かったようで、こうしたフランスの右旋回はきっとEUの誕生と密接にからんでいるのだろうと思う。グローバリゼーションの進行とその反動としての地域共同体依存、民族主義の高まりは不可分である。サルコジは経済的グローバリゼーションと国家主義の推進という本来は裏腹であるべき両刃の剣を抜いて勝利を収めたかっこうだが、今や世界各地でこの手の右傾化と保守反動の傾向が顕著であり、日本もまた例外ではなさそうなのがすこぶるイヤな感じだ！　としかいいようがない。二十世紀を代表する歴史学者A・トゥインビーがいみじくも述べたように、歴史はラセン状に前進し、長い目で見れば人類はひとつになろうとしながら、時としてその流れが逆行する時期が必ずあるのだとしても、今やもう地球にとって逆行のロスタイムがもったいない！　という話はこのブログに何度もしつこく書いた。ただきっとこの逆行の流れが終わると、今度はドラスティックな転換を迎えて、これまで私たちが拠りどころにしてきたありとあらゆる文化が一掃されてもおかしくないのだけれど、正直言うと、私はそれが究極の自己否定につながるとしても、さっさとそうなったほうがいいと思っております。

五月九日（水）『藪原検校』

漫画家の萩尾望都さん＆マネージャーの城さん、生物学者の長谷川眞理子さん、国立劇場とポプラ社にお勤めの矢内さんご夫妻、講談社の中島さん（『似せ者』発表時の担当編集者）と単行本の担当・堀さん、総勢八名でシアターコクーン公演井上ひさし作／蜷川幸雄演出の『藪原検校』を観劇し、終演後に近所の「春秋」で会食。

私は『藪原検校』を学生時代にパルコの初演で見ているが、今でもハッキリ想い出せる音楽やシーンがあるくらい、当時の木村光一演出は鮮烈で井上作品にとって画期的な舞台だった。それをあえて演出し直すのはいくら蜷川さんでも相当なプレッシャーがあったと思う。正直言って私は当時の木村演出のほうがいいかもしれないと思えるところがいくらかあった。しかし木村さんの力がすっかり衰えてしまった今日、蜷川さんでなければ、この作品の復活は叶わなかっただろうし、やはり改めて見て今だからこそ復活すべき作品だと思えたので、公演自体の意味はおおいにあったものと確信する。

木村演出との大きな違いはトーンである。蜷川演出は全体にリアルで、ゆえに暗くて非常に重い。戯曲のストーリーだけを見れば確かにそうなのだけれど、木村演出は宇野誠一郎の軽快な音楽と合わせてわざと戯画風で陽気なライトタッチで仕上げ、最後にすとんとブラックに落とす絶妙の味わいがあった。

全体に重くてテンポの出にくい今回の舞台を救ったのは魅力的な男優陣で、古田新太、段田安則はもちろんのこと山本龍二、六平直政いずれもコワモテながら色気があって妙にキュートだし、語りが抜群に巧い壤晴彦や若手ながらに芸達者な松田洋治も加わって、今でこれ以上はないと断言できる最高のキャスティングだ。こうした面々を一堂に集めて動かせる演出家は今では蜷川さんしかいないだろう。女優陣も達者なところで梅沢昌代、神保共子を脇に配し、ヒロインの田中裕子は初演の太地喜和子とまったく違った雰囲気で、ああ、この人ってやっぱりふしぎに面白い女優だなあと思わせるものがあった。ただし太地さんの可愛い演技はいまだに瞼に焼きついていて、最後に至る場面でちょっと田中の力量不足を感じたことは否めない。

　それにしても演出によってこうも印象が変わるかと思うくらい、壌晴彦の語りに始まってリアルなセリフ術を駆使して展開された今回の舞台は最初から最後まで息の抜けない、いささかしんどい舞台ではあったが、リアルに突っ走った分、ラスト近くの松平定信と塙保己一との対話はじつに緊迫感あふれるハイライトとなった。時代の変わり目をつくづく感じさせられ、「美しい国」という胡散臭いメッセージが意外に不気味な広がりをみせ、踊らされる民衆と、犠牲になって葬られる存在が生々しく感じられる今日において、定信の登場に象徴される「権力」の恐ろしさをブレヒト流にもののみごとに抽出した蜷川演出はやはり高く評価できるし、そこにこそまたこの戯曲を復活させた意味もあるのだった。

五月一〇日（木）　牛肉と春雨のエスニックサラダ

　昨日のＱＰで見た、これからの季節の定番にしたいメニューである。もどした春雨とゆでた牛肉の薄切り、レッドオニオン、キュウリ、香菜《シャンツァイ》をエスニック風のタレ（ナンプラー、砂糖、レモン汁、ニンニクと香菜の根のみじん切り、鷹の爪の輪切りを合わせたもの）で和えて、砕いたピーナッツをトッピングする。牛肉は塩をひとつまみ入れてゆでるのがポイント。こうすると肉汁がうまく閉じこめられて下味もできる。ピーナッツのトッピングは欠かせない。

五月一一日（金）　海老と長芋とレンコンの塩炒め、海老の春巻き、つけ麵ほか

世田谷パブリックシアターでヨン・フォッセ作『死のバリエーション』を見た帰りに守部さんと近所のチャイナで食事。

アントワーヌ・コーベというフランス人の演出家は前に永井愛・作の『見よ、飛行機の高く飛べるを』で不思議な魅力を感じており、今回はノルウェーの作家の戯曲を手がけるというので興味が湧いた。ベルイマン監督の映画などを見ても、北欧人の死生観は一種独特のものが感じられるので、タイトルにもそれなりに心惹かれて見たのである。

ストーリー的な枠組は単純にいうと、別れた夫婦のひとり娘が自殺して、夫婦がそのことを受け入れられずに過去を回想するかたちをとり、一方で娘が死に取りつかれていくさまを舞台に死神のような男を登場させることで表している。まさに死の不条理さを訴える劇ではあるが、冒頭からラストまであまりにも一直線に突き進み、いわゆるドラ

マチックな要素は乏しい。戯曲としてはやや単調に過ぎ、シューベルトの『魔王』にも似て死をテーマとしたポエムの舞台化といった感じである。

コーベの演出は照明と装置が素晴らしく、舞台中央に設けたアーチ型の壁を使って生と死、現在と過去、希望と絶望といったものをわかりやすくかつ非常に美しく表象するが、あえて役者に棒読みのせりふをいわせるやり方にはおおいに疑問を感じた。これは『見よ、飛行機の〜』でもやった彼のオハコともいえる演出法なのだろうけれど、今回のようにあきらかな不条理劇でこれをやられると、単調さが際立つばかりで正直いって退屈した。この手の戯曲はむしろ役者が徹底したリアルな演技で押したほうが、むしろ斬新な不条理劇に見えてくるような気がする。もっとも原語による芝居の雰囲気がまったく読めないので、自信を持って言うつもりはないのだけれど。

五月一二日（土）　真鯛のソテー梅ソースかけ

ＱＰで見た料理。ソースはバターを溶かして梅干しの肉、醤油、酒、味醂を加えて煮詰めるだけ。味醂で味の調節ができる。ご飯によく合う。

ところで昨日各局のニュース番組で取りあげていたのが扇千景参議院議長の引退表明

であるが、私はこの方とは思想信条をまったく異にするのだけれど、個人的には愛すべき人だと思っているので、とにかくお疲れさま、大過なく勤めを果たされて本当によかったという気がした。

　私の祖母にあたる人は初代中村鴈治郎という歌舞伎役者の娘だったから、扇さんは又従兄弟のお母さんという縁戚関係にあり、以前はよくお目にかかっていた。で、一見すると怖そうだけど、根はまっすぐな気性の方で、旧来の日本女性ならわざとへりくだった態度を取って摩擦を避けようとするところで、そうした姑息な手段は取らないために、周囲から必要以上に悪く思われてしまうふしも多々あったようだ。えらいと思うのは、他人に嫌われることを厭わずに堂々と主張されていたところで、これは並の女性にはなかなかできにくいことだし、いまだに可愛いさを捨てきれない野田聖子議員なんかよりも政治家としての資質ははるかに上だったのかもしれない、と今にして思う。

　それでいて夫婦生活ではつねに夫の身のまわりの世話を、どんなに忙しいさなかにもきちんとこなしてらしたという話は家族からよく聞かされていて、扇のママはパパのいったいどこがいいんだろうなどと身内で言い合っていたのである。もっともパパはパパで、扇さんが大臣になったときや何かは心底から喜んでいらしたそうだし、妻の出世をそう素直に祝福できる日本男児はまだまだ少ないことを思えば、本当にとてもよく出来た夫婦だというしかない。ともあれ余力のあるうちに引退をして、夫婦のゆったりした時を過ごしたいというのは扇ママの本音だろうし、パパもそれはそれで大変だろうけど(笑)、しっかり応えてあげてほしいなあ、と他人事ながら思ったのでした。

五月一三日(日)　上方寿司、焼き野菜のサラダ

乗馬の帰りに東横のれん街でゲット。

目に鮮やかな新緑に囲まれた馬場で、今日まず驚いたのは、停止した馬の顔に大きな熊蜂がとまりそうになったときだ。馬は首をブルブルするし、これで刺されたら立ちあがって暴れるんじゃないかと、騎乗してる私はひやひやだった。

次に驚いたのはよく話す仲間のひとりに「昨日ラジオであなたのこと話してたわよ」と言われたときで、明後日に文化放送の収録を控えている身としては、まさか予告までするかなあ? と思いつつ尋ねたところ、「文化放送じゃなくて、たしかTBSだったけど、けっこう長く喋った」とのこと。どうやら番組の中でどなたかが『吉原手引草』をご推奨くださり、私のことも何かとご喧伝くださってたようなのだが、幻冬舎担当のヒメから何も聞いてなかったということは、おそらくヒメ自身も知らなかったのだろう。

2007年5月

で、たまたまそれを聞いてしまった彼女はさっそく本屋へ行ったにもかかわらず、残念ながらその本屋では売ってなかったらしい。乗馬のほかに登山の趣味もある彼女は「そちらの仲間に本好きがたくさんいるので、こんどみんなで買うようにするわ」といって私はおおいに喜ばせてもらった。現時点ではどこのどなたか存じませんが、TBSラジオで取りあげてくださった方に感謝いたします。

帰りに一緒になったもうひとりの仲間は某大手企業に勤めるキャリア女性で、前に『フラット化する世界』を紹介してくれた人だが、最近ビジネス書ばかり読んでいるそうで「フィクションってイマイチ読む気になれないんですよねえ。なんか面白い小説あります?」と、これも以前に訊かれたとき、私はいろいろと考えて、今や旧作になるけれど、桐野夏生さんの『グロテスク』を推薦した。彼女はさっそく買って読んで、とても面白いといって喜ばれた。この件に関しては桐野さんが私に感謝してほしいものであります(笑)。

それにしても本というものは内容の良し悪しもさることながら、読み手の好みや気分によって受け取り方が相当に左右されるはずなので、面と向かって人に薦めるのは存外難しいものである。だから「サン・ジョルディの日」は普及しなかったわけよね……なんてヘンに古い話を想いだしたのは、渋谷駅で「母の日」に贈る花束を買いにずらーっと並んだ行列を見たせいでありましょう(笑)。

五月一四日(月)　揚げ新ジャガのそぼろあんかけ

QPで見た料理。そぼろを具だくさんにする。まず鶏挽肉に味醂、醤油で味つけをして炒め、細かくした玉ねぎ、出汁、砂糖、粗塩少々を加えて煮込み、アスパラガスと醤油を入れてさらに煮て水溶き片栗粉でまとめる。挽肉は調味料としっかり混ぜ合わせてから火を通すのがポイント。思ったより簡単に出来ておいしい。

国民投票法が参議院で可決成立した今日、TV各局のニュース番組で中国の贋作問題が一斉に報道されたのは単なる偶然なのだろうか。自民党が推進する憲法改正の主眼が集団的自衛権を正式に認めるところにあるだけに、ひょっとしたら反中国意識を煽るプロパガンダの一環かも?　と、つい邪推してしまった。中国がさほど遠からぬ将来アメリカの脅威となるのが必至という状況下において、今やまさかすぐ開戦とは結びつかないまでも、日本がそういつまでもヘナチョコでいてもらっては困るなあ……というのがアメリカ側の本音だろうし、日本も日本で、そういつまでもアメリカにオンブにだっこで子ども扱いされてるのは情けなくて嫌だなあ……てなわけでなんとか九条改正を双方とも急ごうとしてるのは見え見えだけれど、今後それを国民がどう判断するかは今のところまだ読めない。私はとにかく海外で戦闘可能な軍隊を日本も持って世界で大きい顔をしようというような、時代錯誤の見栄っ張りには絶対につき合いきれない！　と申しあげるばかりであります。

五月一五日（火）　帆立貝柱とスナップエンドウの塩炒め

出かけるしたくをしながらＴＶでちらっと見ただけなので、レシピはうろ覚えだが、彩りがいい料理なので作りたくなった。味つけはまったく自分勝手である。スナップエンドウとパプリカは油を入れたお湯であらかじめゆでておく。貝柱は縦に切ってフライパンで焼きつけるように炒め、ゆでた野菜とネギの小口切り、生姜のみじん切り、花椒《ホアジャオ》を入れてさっと炒め、塩、酒、鶏ガラスープの素、隠し味に砂糖、酢を加えて調味。

今日は午後から文化放送の収録で、毎日曜午前十時半から十一時に放送している『浜美枝のいつかあなたと』という番組のゲストとして、『吉原手引草』についていろいろとお話をした。当たり前だが、お相手は浜美枝さんで、前にも書いたように、ボンド・ガールの昔を知る身としては、ちょっとミーハー気分にもさせられた不思議な出会いである。女優さんにお会いすると毎度思うことではあるけれど、浜さんもやっぱり年齢をあまり感じさせず、いまだに十分お美しい！　もっとも今やボンド・ガールのイメージは払拭され、きわめて真面目できちんとしたお人柄が窺えた。一応構成台本があるといっても、打ち合わせがほとんどないぶっつけホンバンにもかかわらず、こちらをリラックスさせて、話の引きだし方がじつに巧いのにはビックリ。以前ＮＨＫで村上アナとお話したときと同様に、さすがはプロと感じ入った次第である。

収録につき合った幻冬舎のヒメが帰りにお茶しませんかというので、「えっ、大丈夫？　あなた忙しいでしょ」と思わずこちらから訊いてしまったのは、昨日フジテレビの朝番『とくダネ！』でキャスターの小倉さんがこの三月に亡くなった鈴木ヒロミツさんの遺書ともいうべき本を大きく取りあげて、わりあいマジに「いい本ですよ」と繰り返し言ってたからである。ＴＶであれだけ言ったら反響は必至だろうし、その本の編集者であるヒメはさぞかし大変だろうと思ったのである。ヒメから「ヒロミツさんは本当に芸能人にこんな人がいるのかと思うくらい善い方だったし、ご遺族のお気持ちを考えても、なんとか出版にこぎ着けたい」と聞かされていたので、ＴＶを見て、ああ、無事に出版できてよかったなあと思いつつ、果たして今日の収録に来られるのかしらと心配もしてたのであった。案の定、昨日は各社から問い合わせが殺到しててんてこ舞いだったらしいが、今日はもう大丈夫ですからとのことで、お互いゆっくりお茶して何かと話したのであります。

五月一六日（水）　お好み焼き、焼きそば、竜田揚げ、豆腐サラダほか

お茶の稽古の帰りに、個性派の出版社として知られたペヨトル工房の主宰者・今野裕一さん、デザイナーのミルキィ・イソベさん、CGデザイナーの三村さん、ポプラ社の矢内さんと、お稽古をご一緒した友人たちとともに近所の「文字平」で食事。矢内さんは昔から表千家でお茶を習ってらしたが、師匠がご高齢になられたため、ほかの師匠を探してらしたので、私が習っている阪本先生をご紹介し、今日はその初稽古でほかの皆さんとも顔合わせの会食と相成った。で、皆さんからそれぞれいろんな話が出て、どうも日本の文化を取り巻く状況は各界でサイテー！　になりつつあるような危惧を抱いたのであるが、具体的に書くのは皆さんに差し障りがあろうかと思うので、ガラッと代えて競馬界の話にしておこう(笑)。

昨日NHKの『プロフェッショナル　仕事の流儀』という番組で取りあげたのは藤沢さんという競馬調教師だったので、今やカメ好き兼ウマ好きになりつつある私はつい面白く見てしまった。
　非常におかしかったのは、素質がありながらぜんぜん勝てないタイキスピリッツという馬が出場したあるレースの模様だった。途中までけっこうイイセンいっていたのに、急に失速してずるずる後退し、あわや事故かという嫌なムードが漂うなか、失速の原因は、他の馬が蹴散らした砂粒が顔に当たってヤル気をなくしちゃったのだという、ちょっとアゼンとするような説明だった。直線コースで団子レースになれば泥や砂がすさまじく人馬を襲うわけで、まさかそんなことでヤル気をなくしてしまう競走馬がいるなんて想いもしなかったのだけれど、わがクラブには顔に雨粒が一滴当たっただけで厩舎に帰ろうとするのもいるくらいだから、中には異常なまでに神経の細い馬がいることは確かなのである。で、どんなに実力があっても気が弱かったり神経質だったりするとレースには勝てない。そういう馬をけっして見捨てずに調教する藤沢さんのやり方がじつに面白かった。「(目先の) 一勝よりも (馬の) 一生」を大切にしたいという藤沢さんの調教を、子を持つ親御さんたちや教育関係者にもぜひ見てほしいなあと思ったのだった。

2007年5月

五月一七日（木）　ピッツァマルガリータ、シーザーサラダほか

　国立大劇場で前進座公演を見た帰りに、秋田から戻ったスラッシュの進藤さんと近所のホテルで食事。

　前進座今回の公演は歌舞伎十八番の『毛抜』と真山青果・作『新門辰五郎』の二本立て。二代目市川左団次と深い縁のあるこの劇団の『毛抜』は松竹歌舞伎よりもある意味で古風な演出が残されていて、それなりに面白い。嵐圭史も往年のいわゆる二枚目役者を脱して河原崎長十郎ばりのメイクでおおらかな味を見せる。

『新門辰五郎』は中村梅雀主演。この人はＴＶで見るとそれほど似ているようには思わないが、舞台だと親父のクローンみたいである。さほど恵まれた容姿ではないけれど、それを補って余りある口跡の良さと芝居の巧さで人気役者たり得ている点は、翫右衛門以来三代続いた名血の証であり、そもそも歌舞伎界の門閥世襲を打ち破ろうとして結成されたこの劇団に、松竹でもめったにないようなこうした名血が流れていること自体なんとも皮肉としかいいようがない。で、江戸弁でまくしたてる辰五郎の役にはその口跡の良さが打ってつけで、親父の梅之助がこれまた翫右衛門風の枯れた味わいで舅役につき合っており、この親子の競演がある意味でひとつの見どころとなる。

作品の前半はあきらかに『め組の喧嘩』を踏まえたもので、青果にはこの種のパロディも珍しくはない。もっとも芝居の趣きはぜんぜん異なって、一種の侠客物であるにもかかわらず異様なくらい饒舌で理屈っぽいのはやはり青果作品ならではだろう。同時代の新歌舞伎作家ではこの人と長谷川伸が対極の存在で、青果はいわば「思想」の人であって、それゆえにどちらかといえばこうした庶民をベタに描いたものよりも叙事的な史劇のほうが得意な「時代物」の作家だし、片や長谷川伸はもっぱら庶民の人情を抒情的に描く近代の「世話物」作家だ。こうしたまったく資質の違うふたりが揃ったところで新歌舞伎の繁栄があったのだ。何によらずジャンルの隆盛期にはふしぎと常にこの手の二極が存在しているような気がする。まあ、野球でいえば、王と長嶋みたいなものであります。

五月一八日（金）　五穀米弁当、牛蒡サラダ

整体治療の帰りに東横のれん街でゲット。今日は目の疲れが相当溜まっていると訴えたせいか、先生は首まわりと顔面を入念に触れておられたが、帰りに最寄りのＪＲ代々木駅がパアっと明るく見えたのはびっくりだった。腰もすこし違和感を覚えていたが、

こっちは何も言わなかったのに、いきなり鍼を何本か打たれたのも驚きだった。たぶん立ち姿とか歩き方でわかるのだろうけれど、まさに黙って座ればピタリと当たるてな感じで、やっぱりカリスマ的な先生である。

で、今流行りのハシカは果たして整体で治るのだろうか？　といえば、西洋的な除菌殺菌的治療とはまた違った意味で速効はなくとも治るに違いないと見ている。今回私は何が驚いたといって、モノホンのハシカをせずにワクチンで済ましている人が今や世の中の主流だったのか！　ってことなのだけれど、自分の子どもの頃からすでにワクチンを打つ習慣があったのかどうかも知らないくらいで、私はもちろんモノホンのハシカに罹っている。で、当時の薬は何かといえば、私の場合は伊勢エビの殻を煎じて飲まされていた。伊勢エビの殻を天井からいっぱいぶら下げて干していた光景をよく憶えているし、それを煎じると真っ黄色の液体になるのも知っている。子どもの頃は皆が当然その煎じ薬を飲んでいるもんだとばかり思ってたが、オトナになってあるとき友だちに話したら「フツーの家庭に伊勢エビの殻がそんなにごろごろあるわけないじゃない」と言われてガーン！　確かに……。というわけで、これはどうやらかなり特殊な民間療法だったらしいのだが、それを父に話すと父もやっぱり伊勢エビの殻を煎じて飲んでいたという。近くに海があるわけでもない京都の町で一般的な療法とも思いにくいし、本来は漁師とか魚屋とかに伝わっていた療法なのかもしれない。ハシカは当然大昔からあって、江戸時代に大流行した記録も見られるからほかにもいろいろと民間療法があったはずで、それをとても知りたいと思っている。他に何かご存知の方は教えてください。

五月一九日（土）　茄子のポモドーロほか

世田谷パブリックシアターで能楽公演を見る前に近所で食事。

『能楽現在形』と題して野村萬斎自らが音頭を取るプロデュース公演では、今回各流派の次代を担う若手ホープが四番目物の『鐵輪《かなわ》』と舞囃子『猩々乱《しょうじょうみだれ》』を日替わりで見せる趣向にし、本日は喜多流の出番だった。プロセニアムアーチから張り出す形で三間四方を組み、橋がかりは正面奥と左右の斜め後方の三本渡し、ホリゾントに大黒(幕)を垂らして暗闇に浮かびあがるようにしたこの劇場ならではの能舞台で、時に照明のエフェクトも使うなどして、かなり演劇性を意識した上演が『鐵輪』に関してはそれなりに面白く感じられた。とにかくシテの狩野了一は非常にわかりやすい演じ方をする人で、自身の謡も聞き取りやすい上に地謡の文句のひとつひとつが動きや面の表情にまでピタっとあてはまるから見ていて飽きない。ひょっとしたら海外公演によく参加しているという経歴がこうしたわかりやすさに結びついているのかもしれないなあ……などと想ったくらいである。それがいいのかどうかは門外漢の私には判断しかねるものの、この種の初心者向き演能には向いていそうである。一方『猩々乱』を演じた友枝雄人は名人といわれた友枝喜久夫の孫らしいのだが、慣れない空間で堅くなったのか、ハッキリ言ってさんざんの出来。こうした劇場での試演に向かない人なのかは、これまた門外漢の私にはさっぱりわかりませんでした。

五月二〇日（日）　鯵寿司、牛蒡サラダほか

乗馬の帰りに東横のれん街でゲット。

雲ひとつない青空の下、目にしみる青葉に囲まれた馬場で二鞍騎乗。いつも重くてなかなか動こうとしない馬が上機嫌で快走してくれたのも好天のおかげだろう。それにしてもインストラクターに「今日はスゴイですね」と言わせたほどの駆けっぷりは、「頑張ってくれたらあとで人参」と何度も耳にささやきかけたのがよかったのかも(笑)。

ともあれ角砂糖にしろ、人参にしろ、馬のワイロは安あがりだし、こちらがきちんと座れたらちゃんと走って乗り手の技量を裏切ることはまずないからいいけど、人間相手

だともちろんそう簡単にいくはずもない。

クラブ仲間でパソコン関連の大手企業に勤めるバリキャリのOさんは、今期の人事異動で昇格してめでたく上級管理職になられたが、人間関係はますます厄介になってしんどいようである。「若い子の面倒みてる分にはよかったけど、部下が妻子持ちの男性だと、家庭がうまくいってるかどうかもやっぱ気になりますしね」と自身はひとり暮らしの女性が言うのだから、他人事ながら、そりゃあ大変だわ、と思ってしまった。

部長クラスが変わっただけで、売上高がン億円も違ってくるというような会社で管理職になられたのだから、その苦労も想像に難くないが、「まず何より全然ひとりになれないのが辛くて」とこぼされたので、ああ、それはホントに辛かろうと思ったのだった。

作家という商売もそれなりに辛い点はあるし、人間関係が全然なくていいとまではいきれない仕事だけれど、肝腎の執筆中は必ずひとりだし、他人に気がねや妥協をすることはまずないから、私にとっていちばんありがたいのはその点である。以前していた芝居に関係した仕事は人間関係百パーセントといった感じで、そこからの逃避行がずるずると思いのほか長引いてしまい、こうしてなんとか暮らしが成り立っているのはじつに幸運以外の何ものでもなかったのですが、家に帰ってTVを見たら、例のtotoBIGで五億ン千万当たったというメチャ幸運な人が七人も(!)いる可能性があると知っ

2007年5月

て、ああ、なぜ買わなかったんだろう……と一気に落ち込んでしまいました(笑)。

五月二一日（月） フレッシュトマトの海老チリソース、新ジャガの昆布煮

QPで見た海老チリのポイントはまず塩胡椒で下味した海老に片栗粉をまぶして先にさっと火を通しておくこと。ソースは定番の作り方で、最後にフレッシュトマトを混ぜ合わせる。初夏向きの爽やかな味わいでオススメだ。彩りに亀のエサとして栽培しているスイートバジルをトッピングした。もう一品はお土産にもらった三陸名物の「すき昆布」で作った。細く切った昆布を乾燥させて海苔状に固めたものだが、これがじつに使い勝手がよくてしかも美味だった。

今日のニュースで気になったのは、またしても小ネタでゴメンナサイだが(笑)、ここはやっぱり中村勘三郎のご祝儀申告漏れ問題だろう。林家正蔵に続いたかっこうで、古典芸能関係者にとっては小ネタどころかドッキリネタなのかもしれない。それにしても襲名のご祝儀を今までちゃんと申告してた人なんているんだろうか？　と、つい思ってしまうのは、えっ！　相撲界に八百長がなかったわけ？　と驚くのに似ている。

私は何度かご祝儀を出した、というよりも出さされた側だが、慶弔費の類として領収

書なしに経費として計上し、税理士さんにもそれらは業界の特殊事情として認めてもらった。つまりは受け取る側も領収書を切らなくていいお金だから、ちゃんと申告してる人なんてあり得ないし、正蔵も勘三郎もたまたま襲名が派手だったから国税局に目をつけられちゃったのだとしか思えないのである。で、個人的にはこの手の申告漏れをどんどん摘発し、いっそご祝儀なるものを根絶やしにして、今後ふりかかってきそうな迷惑(笑)を避けられたらじつに幸いだと思っているのだけれど、一方でたとえば勘三郎の元に集まったご祝儀がそっくり財テクにまわされたなんてこともあり得ないし、その多くがまた別の人へのご祝儀なり、関わっているさまざまな業者にまわっているはずだから、こうした業界内をぐるぐるまわっている経済をストップさせたら、それはそれで困る人たちがたくさん出てくるような気もするのだった。

日本には四季折々の贈答や冠婚葬祭に金銭の授受をする風習が昔からあって、時にそれがワイロの温床ともなったことは拙著『辰巳屋疑獄』でかなり厳密に触れたつもりだが、いわゆる古典文化の多くがいまだにその手のパトロナイズに支えられている事実を抜きには語れないだけに、今後そうしたことがいったいどこまで保つのか、あるいはもし旧来のパトロナイズを離れたら今後いかにして存続のシステムを確保するのか、こうした問題は安易に予断が許されないことだけは確かだろうと思う。

2007年5月

五月二二日（火）　牛頬肉の煮込みほか

『吉原手引草』刊行の打ち上げで幻冬舎の石原常務、永島局長、ヒメこと木原さん、スラッシュの進藤さんと外苑前の「vis-a-vis」で会食。老舗のイタリアンとして名前は知っていたが、食事をしたのは初めて。ビシソワーズ風の冷製ブロッコリースープやマスカルポーネのソテー、赤ワインをたっぷりきかせた牛頬肉の煮込みがおいしかった。

幻冬舎の皆さんとお会いするなり「今日また増刷が決定しました」と聞かされたのは何よりで、まずは読者の皆様に厚く御礼を申しあげます！

ところで私はいまだに文芸のギョーカイにとても疎いのであるが、石原さんはこの世界のユーメー人であるらしいのは、意外にも乗馬クラブで知ったのである。例のバリキャリのOさんが山田詠美さんのファンで、そのエッセイの中にめちゃめちゃ破天荒な編集者として登場するらしく、「編集者イシハラが出てくると笑えるからすっかりファンになっちゃったんですよ。会ったらよろしく言っといてください」とのことだった。なので、相当にキレてる人なんだろうと思い、お会いするのがちょっと不安だったのだけれど、根は真面目な方らしく、たとえば拙著についての感想を述べられるときなどもけっして調子が良いといった感じではなく、むしろ愚直に近い話しぶりにかえって信頼が持てる気がして、なるほど！　これが凄腕編集者たるゆえんなのかと思われたのだった。で、帰りに三茶の駅まで送ってくれたヒメから「イヤー、石原が緊張して堅くなってたのがおかしかったですよね。あの人は意外と初対面はああなんですよね」と聞いて、これまたナルホドと納得。

五月二三日（水）　タラコ、がんもどきと大豆のすき昆布煮

近所の「薫製屋ヌーベ」で大島さんと超ヘビーなランチ（スープカレー&蒸し野菜&おこわのセット）を取ったので夕飯は地味にまとめた。

今は新たな連載を控えて構想を練りながら資料を読み漁る毎日だが、主要な史料はむろん買いそろえても、全部買うとなったら足が出るどころか家の床が抜けて躰ごと落下しそうなので、どうしても図書館を利用するはめになる。都立の図書館はその資料がたとえ中央図書館の禁帯出本であったとしても、近所の図書館を通じたら家に貸し出しできるのがとても便利で、今日もネットで検索して中央図書館所蔵の稀覯本を予約しに行ったのである。で、カウンターに申し込み用紙を出す際、係の人の背後に予約本コーナーの棚が設けられ、そこに『吉原手引草』が置いてあるのを見てしまった。おお、読ま

れてるんだ！　と嬉しい気がする反面、印税生活をしている身としては、みんな借りたりしないで買おうよ！　と言いたいのが正直なところだし(笑)、さりとて読む本を全部買ってたのではだれしも大変なのはわかるし……てなわけで、なんともビミョーな気持ちになったのでした。

五月二四日（木）　レタス巻き

ＱＰで見た料理。レタス巻きの中身はいろんなバージョンが考えられるが、これは鶏挽肉のカレー風味。玉ねぎとニンニクのみじん切り、ピーマンを入れて炒め、カレー粉、塩、胡椒、隠し味程度の醤油で調味。揚げた春雨を加えて食す。

五月一八日の欄に、近ごろ流行りのハシカについて、私が子どもの時分は伊勢エビの殻を煎じて薬湯にしたと書いたら、国立劇場の矢内さん（ポプラ社の矢内さんの夫君）から以下のメールを頂戴した。

「福島出身の父は小さいときハシカで死にかけたのを伊勢エビの殻で命拾いし、徳島出身の母の家でもつねに殻が天井からぶら下がっていたそうです。けっこう全国的に浸透していた療法なのかもしれません。母が申すには『煎じて飲んだらポツポツが一気に出てしもうて治るんが早い』らしいのですが……」

わーい！　うちだけじゃなかったんだ！　と、なんだか妙に嬉しくなったので転写させてもらったのだが、矢内さんが仰言るとおり、これで相当に全国的な広がりをもっていた民間療法であることが判明した。おそらく現代の最先端科学で成分調査をしたら、キトサンだかなんだかに明瞭な効能が認められたりするのだろうけど、ああ、こんなときこそ関テレの『発掘！　あるある大事典』がまだやってたら投書したのに残念(笑)！

五月二五日(金)　のどくろの焼物、鰺のフライ、だし巻き卵、鱸《すずき》ご飯ほか

幻冬舎ヒメのお誘いを受けて西麻布の「眞由膳」でペリー荻野さんと会食。ここは女性がオーナーで、高級な「おふくろの味」を提供してくれる気持ちのよい店とあって、金曜の夜とはいえ満席だった。「のどくろ」という魚を食したのは初めてで、新潟出身のヒメに言わせると「この時期に珍しいですね」とのことだったが、脂がのったイイのが手に入ったというオーナーのオススメに従っておいしく頂戴した。

ペリーさんとはまったくの初対面だが、そもそも地元の放送局でお笑いの卵としてデビューし、その後構成作家から売れっ子ライターに転じて、今も出演番組をお持ちの方

というだけあってオシャベリはプロ級、しかもご存知の方には当然ながら、やたらめったら時代劇に詳しいから、こちらも久しぶりに大ノリで楽しませて戴いた。それにしても私より九つも年下の方が時代劇に熱中したというのもフシギだったのだけれど、名古屋大須のご出身で「うちの親父は仏壇職人だったんですよ。だから今でも（寸法の感覚が）尺なんですよね」との話で、なるほど！　と妙に納得した次第。

いっぽうこちらは京都出身で、なにせ太秦の撮影所があるから、昔は大映の永田社長や東映の岡田所長をはじめ映画関係者がぞろぞろとわが家のお客様としてお越しになり、チケットをもらったり買わされたりして、幼い頃に時代劇をふんだんに見た記憶がある。歌舞伎に詳しいから時代小説を書いているように思われるかもしれないが、歌舞伎と時代劇は似て非なるもので、今の仕事にはむしろ昔よく見た時代劇が役立っている気がしないでもないのだった。往年の時代劇はどんなにバカバカしいストーリーでも存外時代考証がしっかりしていたし、役者にも前近代人としてのリアリティが十二分に感じられたものである。ゆえになまじ今どきの時代劇を見ると激怒したりもするので、いつしかまったくといっていいほど時代劇を見なくなってしまったのは淋しいかぎりであります。

もっとも今はまた「スカパー！」などで往年の時代劇が見られるとあって、ペリーさんは私が子どもの頃に夢中で見ていたＴＶ時代劇の主役を演じた伏見扇太郎というマニアな俳優もご存知だったりするし、大映カラーと東映カラーの違いも語れるし、名作『三人の刺客』や近作『武士の一分』の裏話、『子連れ狼』の原作者小池一夫さんのお話等々を聞かせてもらったりしておおいに盛り上がり、あっという間に時間が過ぎた。

五月二六日（土）　イカとエリンギの炒め物

ＱＰで見たお手軽な料理。ニンニク、エリンギ、イカ、ピーマンの順に炒めて、酒、醤油、味醂、塩胡椒少々で調味。イカに火を通しすぎないのがポイント。

それにしても恐るべし社保庁である！　世田谷の支庁に呼びだされたのはたしか一昨年だったような気がするが、そのときも窓口の対応の悪さをＨＰ上に書きたてた憶えはハッキリとある。

私は松竹に入社する以前に銀座の小さな広告代理店に勤め、松竹を辞めたあとも某編集プロダクションにほんのわずか籍を置いていたから都合三か所で厚生年金に入っており、各会社の所在地や何かをひと通り言えば意外に簡単に調べがついたのだけれど、そのことをまず誰に訴えたらいいのかわからないような窓口の混乱ぶりが想いだされる。ほかに何人も詰めかけていて、まず自分はいったいなぜ急に呼びだされたのかといった基本的疑問を始め口々に質問を発して大騒ぎだったにもかかわらず、スゴク迷惑そうに対応する人が二、三人いた程度で、あとの人たちはまったく我関せずといった感じで机に向かっていたのだった。

だが私が本当にアタマに来たのは後日の一件である。調査の結果、これだけの期間が未納になっていたという通知が来たのはけっこうだが、それに対してこちらがどうしたらよいのかの方法がまるでわからなかったので再び支庁に電話をした。電話に出た役人はなるべく早く払って下さいと言うばかりで、いくらなんでもこちらがまた支庁に出向いて現金を渡すのもおかしな話だから、振込先とか納付用紙か何かないんですか！　と厳しく問いつめたところ、いかにも余計な仕事が増えて迷惑だといった感じで、なら納付用紙をそちらに送ればいいんでしょ、てな言い方をされて、怒髪天を衝いたのである。いったい全体、払ってほしいのか、払ってほしくないのかどっちなんだ！　と怒鳴りつけたい気分だった。その後しばらくして社保庁の悪事が続々と明るみに出るに及んで、私はつくづく溜飲の下がる思いだったのであります。

五月二十七日（日）　ちらし寿司、ほうれん草のサラダ

乗馬の帰りに東横のれん街でゲット。

ダービーの模様が気になりつつも、出走の時間がちょうどレッスンと重なって、六十四年ぶりの牝馬優勝！　という快挙を見逃してしまったのは残念。

クラブにいる牝馬と牡馬を比べると、総体的にはやはり牝馬のほうがやや小柄な気がするが、中にはええっ、これで♀なの？　てながタイのコもいるから優勝したって全然おかしくない。そもそも生物的には♀のほうが身を守ろうとする気持ちが強いから、♀の逃げ足は♂に勝るはずで、牝馬は牡馬に勝てないという通説はマチガイだと著書の中でハッキリ書かれたのは私の大好きな安部譲二さんであります。

ところで帰りのバスで一緒になった仲間は例のバリキャリOさんだが、三十代半ばにして無断欠勤を繰り返す男性の部下を抱えて大変そうで、「たらい回しみたいな感じで私が引き取ったんですけど、私の下でもダメとなると部を追いだされるし、その前になんとか立ち直ってもらおうと思って、仕事の仕方やコンビの組み合わせをいろいろ考えるんですよねえ。前の上司やなんかはもうさっさと追いだしちゃえっていうんだけど、やっぱり仕事の仲間を切り捨てるのはイヤじゃないですか」と♀ながらに懐の広いところを語ってくれたのでした。

2007年5月

五月二八日（月）　豆腐とレタスとトマトのオイスターソース煮

ＱＰで見た料理。絹ごし豆腐は水切りして片栗粉をまぶして先に表面をこんがり焼きつけておく。油で生姜の薄切り、レタス、トマトの順に炒め、軽く塩をふり、豆腐を戻し入れて鶏ガラスープ、オイスターソース、酒、醤油で味つけし、仕上げは水溶き片栗粉でまとめて胡麻油少々を垂らす。簡単安あがりだがけっこうオイシイ。

現職閣僚である松岡農水相の自殺はやはり驚きのニュースだった。死者にむち打つのを避けるわけではないが、亡くなったご本人はきっとそれほど悪いことをしたつもりはなかっただろう。ただ支援者や知り合いに便宜を図るよう頼まれたら、そうしてやるのが人助けだと思い、その見返りを受けるのもまた当然と思うようなセンスの持ち主だったというだけで、問われるべきは当人と彼を取り巻く人びとの「センス」の問題なのだ。もちろん取り巻く人の中には彼を大臣に任命した人も当然ふくまれていて、「美しい国」の実態とは所詮こうした「センス」を温存するシステムであることが明らかになっただけでもよしとすべきなのかもしれない。

それにしても今度の一件や社保庁の問題を見るにつけても、憲法改正だの「美しい国」だのと誇大妄想に近い大言壮語するヒマがあったら、もっと足下をしっかり見てくれ！　と言いたくなるのは私ばかりではあるまい。

五月二九日（火）　ぶりの照り焼き、アスパラガスの練り胡麻和え、黒ごま豆腐

今日はお昼にモーレツにお腹が空いてたっぷり食べたので、晩ご飯はあっさりめにしました。なにせ目覚めたのが朝の五時で、六時から原稿を書きだしたからお昼にお腹が空くのは当たり前。で、午後三時くらいになるとさすがに集中力が欠けてきたので一時中断して散歩に出た。

近所にかなり大きな天台系の寺院があって、いつもそこを通り抜けるのだが、今日は不動堂で太鼓がドンドン鳴ってるので近づいたところ、中で護摩を焚いて祈禱をしていた。しばらく立ち止まって見ていたら、後ろから来たお坊さんが「よろしかったら、どうぞ中に入ってご覧下さい。席もございますので」と親切に仰言るので、遠慮なく入らせてもらって至近距離で護摩修法を拝見したのだった。

修法をなさっていたのは住職で、私を誘ったお坊さんはどうやら息子さんらしい。ほかに太鼓を叩いているフツーの恰好をした中年男性と、いずれもフツーの装いの老若男女十人ばかりは信者さんのようだった。若い女性が何人かいて平均年齢が意外と低めなのに驚いたが、怪しげな新興宗教に凝るよりもよさそうである。単調な太鼓のリズムに乗って皆が一斉にナウマク・サマンダバザラダン・カン……と真言を唱和するのがけっこう耳に心地よかったし、乳木《にゅうもく》を次々とせわしなく火中に投じたり、油をふったりして火を燃え立たせるパフォーマンスは見ていてちっとも飽きなかった。

私は至って信仰心の薄い人間だが、五歳で法華経の一品を丸暗記したのを皮切りに、幼稚園から大学生時代の寮までカトリック系のミッションで過ごしたりと、昔から妙に宗教と御縁があって、宗教的施設や儀式を見るのはわりあい好きなほうで、キリスト教にしろ、仏教にしろ、神道にしろ、古来の宗教はどれもなかなかよく出来ていると見るたびに感心するのである。で、この秋か冬から連載を予定している新作では江戸時代の某寺院にまつわる事件を少し盛り込むつもりだったので、散歩の途中で護摩の修法を拝見できたのはラッキー！　なんて言うと御不動様の罰が当たりそうだ。もっとも護摩の修法は今後別の寺院で最初からきちんと拝観するつもりでおります。

五月三〇日（水）　鰹とゴーヤのサラダ

ＱＰで見た料理。ゴーヤ、レッドオニオンのスライス、ちぎったサニーレタスはそれぞれ水にさらしておく。カツオは薄めに切って醤油で下味。玉ねぎと生姜のすりおろし、酢、醤油、塩、油を合わせたドレッシングで食す。このドレッシングはおいしいのでオススメ。ゴーヤは別に入れなくていいかも……。

TV中継の結婚披露宴で真っ赤なドレスからちらちら覗かせる藤原紀香のモノスゴイ脚線美にのけぞりながら食事して、やっぱ躰のきれいな女性っていいよなあと思いながら、そういえばこのブログに去年のちょうど今ごろ、「色白でじつに躰のきれいな関取だ」と書いた白鵬がとうとう横綱になって、まずはめでたい！　ところで、この横綱昇進祝いにも国税庁は目を付けるのだろうか？　なんて余計なことを考えてしまった。

相撲のタニマチは歌舞伎のご贔屓の比じゃないといわれているが、何せ相手はお相撲さんだから、ご祝儀も現ナマじゃなくて、それこそ米百俵とか肉一トンとかだと国税庁も打つ手がないかもしれない(笑)。

学生時代の友人にタニマチのお嬢さんがいて、家の建て増しか何かしたときに、関取がやってきて、庭で四股を踏んでもらったという話を聞いたときは、まさしく地鎮の反《へん》閇《ばい》が今に生きていると知ってびっくりしたものであります。

2007年５月

五月三一日（木）　鶏肉のつけ焼き、セロリの和え物、高菜と卵のスープ

スープ以外はＱＰで見た料理。醬油、豆板醬、砂糖、酢少々におろしニンニク、ネギ、生姜の薄切りを合わせたタレに鶏モモ肉を漬け込んでオーブンで皮がぱりっとなるように焼く。鶏肉には塩と山椒を揉み込んで下味し、最低でも一時間以上漬け込む。二時間漬け込んで焼いたらかなりおいしくできたのでオススメ。セロリは軽く湯がいて中華風のドレッシングで和える。私はＱＰの製品を使わず（笑）、胡麻油と酢と醬油と切り胡麻を合わせた自家ドレを作りました。

料理をしてる最中にすさまじい雷鳴が轟いてビックリし、その後もリビングの大きな窓から盛んに稲光が見えました。いよいよ梅雨入りというわけでしょうが、近ごろはどうも昔に比べてお天気が凶暴になってきたような気がしてなりません。なんでもかんでも地球温暖化のせいにするつもりはありませんけど、去年から今年にかけてはやはり世界的に天候異変の様子で、日本はまだましなほうみたいです。昨日、お昼を食べながらＮＨＫ・ＢＳの国際ニュースを見ていたら、この時期フランスのある地方は季節はずれの大雪だし、ロシアのある都市は気温三十五度で海水浴をしていました。

二〇〇七年　六月

◆今月の舞台

『コクーン歌舞伎　三人吉三』
『上意討ち―拝領妻始末―』
『氷屋来たる』
『国盗人』

◆今月のニュース

不正発覚の訪問介護大手「コムスン」に処分
松濤温泉「シエスパ」で爆発事故
「ミートホープ」社、牛ミンチ偽装発覚
宮沢喜一元首相、死去

◆今月のＴＶ

『こんにちは、母さん』

六月一日（金）　お好み焼きほか

お茶の帰りに矢内さん、三村さんと近所の「文字平」で会食。

昼間は渋谷のSクリニックで人間ドックに入る。乗馬のおかげか？　この年でわずかながらも身長が伸びたのはビックリ！　相変わらず大きな胆石があって、炎症を起こさないうちに切除する手もありますよと勧められたが、やなこったと拒否し、ならやっぱり晩ご飯は控え目にしたほうがいいですよと言われて、それもやなこったと腹の中で舌を出しておりました(笑)。乳房超音波検査で片方になんだか異常に時間を取られてヤバそうな気配があり、ちょっと心配しつつ帰宅。

六月二日（土）　茄子のミートスパゲティ、新ジャガとビーンズのサラダ

定番なのでレシピは不要だと思うが、面倒でも茄子は別に炒めてトッピングしたほうがおいしい。サラダの自家製ドレッシングはオリーブ油、塩、レモン汁、ニンニクのすりおろしを合わせている。

今日はなんだか朝から筋肉痛というほどでもないが、躰に妙な違和感があって、疲れ

やすく、それはきっと昨日の人間ドックでバリウム検査をしたからじゃないかと思ってしまうくらい、台ごと逆さまになったりグルグル回転したりして放射能を大量に浴びるのだから堪らない。正常でも相当に苦しいのだから、すこしでも異常があってあれをされたら病気が確実に進行しそうである。ところで病院では誰しも、ええっ！　とのけぞるような経験のひとつやふたつお持ちだろうと思う。

ちょうど折も折、わが友人で元「ミセス」誌副編集長の福光さんとイラストレーターの百田まどかさんがタッグを組んだ『病院のクワバラさん』という病院ネタのオモシロ情報本が送られてきたので、食後にこれを一気読みした。最近の若いお医者さんは「ポリクリでアナムネとらせて戴きます」てな業界用語を患者相手に平気で使ったりするから御用心とか、長く入院するならトイレは温水洗浄式かどうかはもちろんのこと、ペーパーの質や便座の高さも要チェックとか、「ほんとのところ」手術の謝礼の渡し方とか、何かと役立つ情報もあって、これに著者のクワバラさん（＝福光さん）を爆乳系の美女（笑）として描いた百田さんのイラストというよりマンガが添えられていて、本当なら深刻になる話のはずが、著者の人柄を反映してか、妙にほんわかと楽しめてしまう本でした。

2007年6月

六月三日（日）　中華総菜

乗馬の帰りに近所の総菜屋でゲット。

怪しい雲行きが心配されたが、思いのほか爽やかな風を感じながら今日も二鞍騎乗した。気温がこの程度でおさまってくれたらいいがそうなるはずもなく、インストラクターの女性は二鞍目に乗った黒鹿毛の老馬を見ながら「いやー、このコがこの夏を乗り切れますかねえ……」と心配そうに仰言った。馬でも黒っぽいのは熱を吸収しやすくて夏は気の毒なことになるらしい。そうなるとやはりポカリスエット的飲料を喜んで飲むそうであります。帰宅してTVを点けたら地球一巨大な海亀オサガメの映像がバッチリ見られて大満足。

六月四日（月）　海老とカボチャの甘辛炒め

QPで見た料理。生姜、ニンニク、ネギのみじん切りを入れた油でカボチャと海老を炒めて酒、砂糖、醬油で味つけ。カボチャはあらかじめ電子レンジで火を通し、海老は酒を揉み込んでから片栗粉をまぶして先に炒めて取りだしておき、最後に加えるのがポイント。

昼食後に台所で後かたづけをしながらNHK・BSで米国のABC放送を横目で見ていたら、早くも大統領選挙に向けての識者討論会をやっていた。共和党の候補者はジュリアーノ元NY市長をはじめとしていずれも不人気なブッシュとなるべく距離を置こうとしているが、イラク戦争まで否定すると共和党支持者の反発は必至だから、そこまで踏み込んだ発言はなかなか出来ないらしい。おまけにヒラリー・クリントンやオバマ上院議員らを抱える民主党と比べて魅力的な候補者がいないという点で共和党の大苦戦が予想されている中で、ブッシュはけっして「邪悪な人」ではないが、米国民の多くが今後に望むのはとにかく「能力がある人」という発言には笑ってしまった。どこかの国も似たような現状だが、ヒラリーやオバマほどの人気者が現われそうもないだけに、国民はもっと憂鬱になるのでした。

六月五日（火）　桜エビの担々麺、ホワイトアスパラガスのソテー

担々麺はテレ朝で見たレシピ通りに作った。ミル＆ミキサーで粉々にした桜エビと切り胡麻と醤油を混ぜてお湯を注いでスープにする。豚挽肉を炒めて酒、醬油、甜麵醬《テンメンジャン》で味つけし、セロリと長ネギとザーサイのみじん切りを混ぜ合わせたものを具にする。水菜をトッピングしてラー油、花椒で仕上げる。ミル＆ミキサーさえあればわりあい簡単にできるが、それでも店で食べたほうがはるかにお手軽。とはいえ自分で作ると、相当大量の胡麻を使ったヘルシーメニューだというのが実感できるから一度は自家製をオススメしたいところだ。桜エビはミルにかける前に電子レンジで乾燥させておくとよい。

サッカーのキリンカップでオシム・ジャパンの戦いぶりを見ながら食事。といっても素人目には、とにかくボールを大きく運んでゲームらしいゲームをするチームにしようとしてるんだなあ、てなくらいしかわからんわけで、あとはただただ選手の顔を見て、ああ、美形の川口も、ベビーフェイスの俊輔もちょっと老けちゃったなあ……とか、でも高原のオッサンはずいぶん垢抜けたじゃない……などとつまらんことばっか気にしてたオバサンであります(笑)。

六月六日（水）　窒息鴨のソテーブラッディオレンジソース、赤ムツのソテーほか

昨日ブログの読者の方から教えて戴いたガラパゴスのロンサム・ジョージのＴＶ番組をしっかり録画して、夜は集英社さんとの会食に出かけました。「小説すばる」の栗ち

ちゃんがおめでたで一年間休職なさることになり、担当を引き継いだのは音田笑みさんというペンネームか芸名かわからんような本名の持ち主で、本人の話を聞くと、どうやら体育会系の酒豪であるらしい。思えば大先輩の八代さんを筆頭に集英社女性陣はいずれも酒豪揃いでした(笑)。

港区白金、プラチナ通りの一本裏道にニューオープンした「ボスケッタ」は栗ちゃんいわく「お忍びに持ってこい」の店で、食器はすべてオシャレなガラス製、料理もフルーツソースをふんだんに使った女性的なメニューが多いなか、全員が注目したのは「窒息鴨」と書かれた逸品でした。鴨の首を切ったりせずにじわじわ窒息させて殺すと旨みが体内に凝縮されて残るとウェイターに聞いて、ああ、残酷！　可哀想！　と口々に言いながら全員が注文し(笑)、確かにおいしい！　と全員で叫んだのであります。

「ここウェイターが全員イケメンですよね」と耳打ちしたのは栗ちゃんで、「今どきどこの業界でもイケメンが幅をきかせてるのに、文芸出版界はいったいどうなってるの？」と私がつね日ごろ最大の疑問を口にしたところ、「いやー、入社したてはみんなフツーだし、可愛い子もけっこういるんですよ」とのこと。それが仕事がら睡眠や食生活がムチャクチャになるわ、深酒するわで不摂生が祟って、一、二年もたてば見る影もなく崩壊してしまうらしい。なるほど、と私が思い当たったのは旧職場だった某興行会

2007年6月

社のことで、恐らくTV業界なんかも含めてエンタメ系産業にお勤め男子はよほど気をつけていないと無残な結果が周囲の女性をボーゼンとさせてしまうのです。

六月七日（木）　鰺の干物の胡麻シソ揚げ

昨日のQPで見た料理。鰺の干物を二つに割り、水に溶いた薄力粉を付け、胡麻と大葉の千切りをまぶして揚げるだけ。味つけ不要で簡単にできる。胡麻を焦がさないよう注意して低めの温度で五、六分、じっくりと骨も食べられるくらいに揚げるのがポイント。パプリカと干し杏に水溶き薄力粉を薄く付けて揚げたものを添える。これが意外とおいしい。

昨夜録画しておいたBBC制作のガラパゴス特集番組『ひとりぼっちのジョージ』を見ながら食事。いきなり画面に私たちが入り浸っていたサンタクルス島桟橋近くのカフェと、従業員のお兄ちゃんが手を振って出てきたから、わー懐かしい！　という気持ちで見入ってしまった。それにしてもさすがにBBC制作とあって、ガラパゴスの現状を正確に伝えようとする良心的な番組で、自然を荒らす漁業から観光業に方向転換を図ることで自然を守ろうとしたにもかかわらず、年五パーセントの成長を続ける観光業がまたしても自然を破壊するかもしれない新たな問題を孕んでおり、なんとかそれを前向きに回避しようとする島民のさまざまな取り組みが詳しく語られていた。真面目な内容もさることながら、私の眼を釘付けにしたのはやっぱりガラパゴスゾウガメの映像で、中でもロンサム・ジョージの近影にはホレボレしてしまいました。

六月八日（金）　和総菜

整体治療の帰りに東横のれん街でゲット。

電車の中吊り広告で目につくのは案の定、例の社保庁問題で、改めて批判する気にもなれないのだけれど、私が行ったときに何よりも驚いたのは、窓口に十～二十人近くどっと押し寄せて口々に質問してるのに、応対する職員がたった二、三人で、あとの人たちはまるでどこ吹く風と机に向かっていられる神経だったのである。あの状態を見て、私はとてもあんなふうに動じないでいることはできないタイプだから、これは非難でも皮肉でもなく、純粋に感心してしまうところもあったのだ。

ところで、もちろん例外が山ほどあるのを承知して、いわゆる役人気質を挙げると、無愛想、事なかれ主義といったところがすぐに浮かぶが、それと百八十度違うのが役者気質で、こちらも例外が多々あるけれど、おおむね愛嬌があって、とにかく事を好むというか、なんにでも野次馬的に首を突っ込むし、つねに身のまわりがわさわさしてないと気の済まない人が多いようだから、役人と役者は本来的に反りが合わないと見るのが正解で、国立劇場なんかだと必ずや互いに苦労や誤解が絶えないものと推察される。

しかしながら世の中には不思議とこの二つの百八十度違う転職を立派に成し遂げた人もいて、私の知る限りでは確か白石加代子と役所広司がともにお役所勤めあがりの名優である。ふたりが役所にいたときはどんな顔をして勤めていたのか想像もつかないが、ふたりに対談を持ちかけて社保庁のお役所仕事について語らせる、なんて企画をどこかの雑誌がやってくれないだろうか(笑)。

六月九日(土)　えぼ鯛の干物、白アスパラガスとハムの塩炒め、煮豆ほか

冷蔵庫のお片づけを兼ねたごくフツーの晩ご飯であります。

お昼ご飯のときは例によってBSで米国放送を見ていたが、トップニュースが例のヒルトン娘の事件というのだから、アメリカも今日のところはまず平和だったのだろう。

いくらセレブの令嬢でもわずか三日間の収監で後は自宅謹慎という処置に、果たして

米社会は納得するんだろうか？　と疑問視してたが、案の定そうは問屋が卸さず、再収監の上で刑期まで元通りの四十二日間に延長されたのはとんだヤブ蛇的顚末で、これについては世論が分かれていた。向こうの司法制度には詳しくないので事情がイマイチよく呑み込めないのだけれど、どうやら保安官と検察官の根深い対立が以前からあって、彼女は両者の権力闘争に巻き込まれたのだと同情する意見もある一方で、むろんセレブの特別扱いは許されないからこれで正解だとする人たちが大半のようだ。

それにしても後ろ手錠をはめられて、収監車両の中で泣き崩れる彼女の映像までＴＶが流すのはどう考えてもやり過ぎで、要は庶民感情の生け贄にされた恰好だが、こうしたやり口は拙著『辰巳屋疑獄』の例や淀屋事件の例もあるように、江戸幕府が時おり富豪の商人に強烈なバッシングを加えたやり方と似ている。庶民感情をなだめるには、その対極の象徴となる者に誰かが天に代わって鉄槌を下すのが手っ取り早い。思えば冷戦構造の脱却以降、世界的に民度が低まっているのだろうか。少なくとも庶民感情はどこもひと昔前よりずっと幼稚化したような気がしてならない。

2007年６月

六月一〇日（日）　海老サラダ、パンいろいろ

乗馬の帰りに東横のれん街でゲット。

朝クラブに電話して「今日レッスンあります？」と訊いたら、「今はやっております」との答えだったが、三軒茶屋のわが家を出るときはものすごいスコール状態で、駅にたどり着くのもやっとのありさま。渋谷に着いたら小降りだったので思いきって目的地に向かう電車に乗り込んだのだけれど、当駅に着いたら雷がゴロゴロ鳴ってて、ああ、こりゃダメかも……と思いながら、ともかく送迎バスを待った。

バスから降りてきた大勢の中に例のバリキャリOさんがいて、「レッスン中止になったから帰って来ちゃった」と聞き、さすがに諦めて引き揚げようとしたら、それでも乗り込もうとする女性がもうひとりの仲間、オペラ歌手のSさんだったので、つい同乗してしまう。「こんな日に行ったら、うちらよっぽど入れ込んでると思われちゃうね」と笑い合いながらクラブの門を潜った途端に、「ゲゲッ！ けっこう乗ってるじゃない」とお互いビックリ。雷にも、土砂降りにも、馬場の泥濘にもめげずに乗ってる人たちが二〜三十人はいて、馬好きの人たちにはホント恐れ入谷だと感心したが、他人のことは言えません（笑）。幸い私のレッスン時間には雨も止み、二鞍目は陽が射すくらいに天気

が回復したものの、帰宅後に乗馬用レインコートを脱いで背中のほうを見たら、なんと襟のあたりまで泥がはねてました！

六月一一日（月） コクーン歌舞伎『三人吉三』

コクーン歌舞伎の、というよりも、中村勘三郎と串田和美のコンビがもたらした最大の功績は、歌舞伎を戯曲本位に上演することによって、シェイクスピアなみの現代性を思いのほか引き出し得た点にあり、中でも二〇〇一年に初演された『三人吉三』は出色の舞台だった。当時私は読売演劇大賞の選考委員をしていて、これを強く推したが、歌舞伎研究者の某選考委員がさんざん貶して、理由はお坊吉三が双子の妹弟おとせ十三郎を殺す場面をカットしたことであったのを想いだす。私はその場面をカットした点を含めてテキストレジーの巧さを認め、ともすれば七五調の口調の良さで流しがちになる黙阿弥ゼリフを役者たちが意味をしっかりつかんで客席に送り届けていたことにすこぶる感心した。併せて大川端の場で舞台に張った水の反射を利用した美しい照明や、ラストシーンのすさまじい降雪が強く印象に残ったものである。

今回六年ぶりとなる再演は初演とそう変わり映えはしないが、特筆すべきはまず、おとせ十三郎を演じる勘太郎、七之助の兄弟が役者としてかなり成長した点だろう（六年も経てば当たり前だが）。

次に椎名林檎の音楽を入れた点で、これについてはおそらく賛否が分かれそうだ。時おり効果音的に流されるシンセミュージックや抒情的な場面に用いられるそれは悪くなかったが、ラストシーンではテンポの緩い曲がネックになって立ちまわりの迫力を削いだ観が否めない。とはいえ今回の上演は幕末の「下流社会」が生んだ若者の刹那的気分や閉塞感を今日の世相と照らし合わせる意図が濃厚で、それゆえに椎名林檎を起用した点は理解できなくもない。

最後になったが、土左衛門伝吉の役を前回の坂東弥十郎に代えて笹野高史が演じた点は、この戯曲の現代性をいっそう強調するかっこうとなった。土左衛門伝吉がいったいどんな人生を歩んできた人間なのかという点を、笹野高史は丸ごとくっきりと描いて見せられる。歌舞伎役者は相当に巧い人でも「役柄」で演じるしかしないので、そうした人物描写的役作りとは無縁なのである。ただし因果じみた物語を陳《の》べるくだりの笹野は緞帳芝居の役者じみてまったく戴けない。役者の育ちによって、得手不得手があるものだとつくづく思った次第だ。

ところで肝腎の晩ご飯は、芝居を見る前に、東急百貨店内の「永坂更科」で天丼とざるそばのセットを注文。その前に近くのSクリニックに人間ドックの結果を訊きに行って、まったく異常なしの健康体であることが証明されたので、ガッツリ食べました。

六月一二日（火）　ニラ玉、冷やしトマトのニラ醬油かけ

昨日のQPで見た料理。ニラ玉には豚肉を入れてボリュームを出すのがポイント。豚肉は酒と醬油で下味し、片栗粉をまぶして先に炒めること。ニラ醬油はニラをみじん切りして砂糖ひとつまみと醬油を注いで三十分以上置く。なんにでもかけられるので作っておくと便利かも。

晩ご飯の買い物に出かける前に郵便ポストを覗いたら都民税の通知書があって、その場で開封し、中身を見てさすがにイヤーな気分になった。還付金は去年とほとんど変わらなかったから、明らかに報道されていた通りの大増税であります。

昼飯時にたまたま民放を見ていたら、厚生年金制度が出来た当時の厚生省課長談話が紹介されて、とにかく集めた金はどんどん遣っちゃえーてな調子だったので、アタマに来ていたところに、これだから、ホントこの国を脱出したくなっちゃいました(怒)。

「天下り防止法案」もいいけど、私はその前にまず「七光り防止法案」を作れと言いた

い！　所詮は官僚に作文を頼んでそれを読むしか能がない二世、三世のアホ議員に、この国をどうにかできるとはとても思えないし、官僚も官僚で、ホントに地アタマのいい（佐藤優氏の造語）人ならいいけど、ただ学校のお勉強が出来ただけ、というような程度の連中に国をむちゃくちゃにされたのではたまらない気がする。

ところでゼンゼン話が変わって昨夜シアターコクーンで翻訳家の松岡和子さんとバッタリお会いしたから乗馬のお話をさせていただいた。松岡さんは自馬までお持ちでホント羨ましいのだけれど、自馬を所有すると預託金が半端じゃ済まないから、「今は馬を養うために働いてるようなもんですよ」と笑って仰言っていた。それにしても金を払ってくだらない役人や政治家を養っとくより、馬やカメを養ったほうがはるかに地球環境に良さそうです。

六月一三日（水）　春雨サラダ、めかぶ

サラダの具はゆでたインゲンとイカの切り身、レッドオニオン、香菜、トマト。ドレッシングはおろしニンニクとナンプラー、レモン汁、胡麻油を合わせたものに鷹の爪の輪切りを加えた。

歌舞伎チャンネルで昭和五十九年にＮＨＫが放送した俳優祭の舞踊劇『雨舎り《あまやどり》』を見ながら食事。ザッピングでたまたまキャッチしたが、歌右衛門、先代勘三郎、先々代松緑、梅幸といった当時の大幹部クラスが勢ぞろいした懐かしの映像で、何せ現・坂田藤十郎が扇雀を名乗って若手扱いなのだから、その古さがわかろうというものである。

で、ふと、当時わたしは何してたんだろう？　きっとまだ学生だよね？　とか思って西暦を確めたら、すでに松竹を退社していた年だったので愕然とした。ええっ！　なら私ってけっこうな年寄りじゃん、と改めて気づくのもなんですが(笑)、この歌・勘・松・梅の四巨頭がいた時代は安倍的表現を借りると歌舞伎の「戦後レジーム」といったところで、つい最近「コクーン歌舞伎」を見ただけに、当時と今とでは、良い意味でも悪い意味でも歌舞伎はホント変わっちゃったなあとつくづく感じる。考えてみれば歌舞伎界に限らず、どんな業界であれ、「民」は生き延びるためにそれぞれの「戦後レジーム」をとっくに脱却しており、かけ声ばかりでちっとも出来ないのは「官」ばかりではないのかしらんと思った次第であります。

2007年６月

六月一四日（木）　カボチャと豚肉の炒め煮

ＱＰで見た超簡単安あがりメニュー。長ネギの薄切りと鷹の爪、豚肉、カボチャと順に炒めて醬油、味醂、水を加えて少々煮込み、最後に味噌を溶き入れて仕上げた。

買い物をかねての散歩の途中で急に激しく降りだしたので、帰ってまずベランダでずぶ濡れになってたカメラを慌てて室内に入れた。カスピ海沿岸ステップ地帯出身のカメらだから、雨は大の苦手で、梅雨時は洗濯物とカメの取り込みが欠かせません(笑)。それにしても近年これほどキッパリした梅雨入りは珍しいくらいで、長らく高気圧に阻まれてイライラしてた梅雨前線がソレ行けーッとばかりに押し寄せた感じである。

食事をしながらＮＨＫの『クローズアップ現代』を見て、コムスンの問題を短い時間の中でもさすがに民放とは違ってきちんと取りあげているので、ＮＨＫはまだ捨てたもんじゃない番組だってあるんだと改めて感じた。欲をいえば、折口某にかつて国の後押しがあった事実をもうすこし鋭く深く突っ込んで、介在したに違いない政治家や何かも明らかにしてほしいところだったが、まあ、そこまで出来ないのはＮＨＫの限界だろう。ただ今後こうした「官」がなすべき仕事を「民」が請け負うかたちがどんどん増えていくだろうから、その背景をしっかり解明する努力がマスコミにもっと求められてしかるべきだと思うのです。

六月一五日（金）　日本橋「たいめいけん」のメンチカツ弁当とミックスサラダ

三越劇場で俳優座公演を見た帰りにゲット。幻冬舎のヒメこと木原さんの叔父上は商業演劇界で昔からよく知られた演出家の金子良次氏であることが、以前石川さゆり公演をお誘い戴いたときに判明した。

今回お誘い戴いたのは、滝口康彦原作の『上意討ち―拝領妻始末―』で、主演は加藤剛と息子の頼三四郎で、劇中でも親子を演じている。この作品は昭和四十年代の小林正樹監督・三船敏郎主演による映画化以来、商業演劇でもしばしば上演されて、過去に何度か見ている。いわゆる「時代小説」原作の舞台化は意外と難しいのだが、これなどは数少ない成功例だろうと思う。

殿様の側室をむりやり妻に娶らされたあげく、その側室の生んだ子どもがお世継ぎとなれば、今度はまた召し上げられてしまうという理不尽な目に遭った家臣の父子が、あくまで筋を通してお上の仕打ちに挑戦し、無残な上意討ちに遭うというきわめて救いのないストーリーだが、封建時代とはまさしくそうした理不尽に満ちた社会だとの認識が私の若い頃には大勢を占めていた。能天気な「江戸ブーム」とはおよそかけ離れた認識であり、従って江戸時代を背景にした小説は封建制度の矛盾を鋭くえぐり出し、そこからいわば日本社会に通底する病理を抽出して描くものだと考えられ、私自身は正直今でもそういう気持ちで書くことが比較的多いのだった。

この作品に即していえば、お上の理不尽さを訴えてなんとか抵抗しようとする父子に対して、上司はおろか同僚も親類も家族さえもまったく理解を示そうとはせず、事なかれ主義と長いものには巻かれろ式の保身に徹して、逆に父子を追いつめてゆくところが、現代の日本社会でもおおいにありそうな話だと受け取れる。映画の橋本忍シナリオに基づく今回の脚本はそこをうまく外さずに現代社会への警鐘を鳴らし、それをスピーディな転換で見せた金子演出は評価したいが、主演の加藤剛父子はともかく女優や脇役の顔ぶれがあまりにも戴けないので舞台の出来としてはイマイチだった。俳優座に限らず旧新劇系にはもういい若手が集まらないのだろう。私の若い頃は新劇俳優といえば巧い役者の代名詞だったことを思うと、まさに隔世の感であります。

六月一六日（土）　スパゲティナポリタン、アスパラガスとトマトのサラダ

レシピは不要だろう。古典的な味を目指して作りました。

一昨日やっと入梅したと思ったら、今日はもう完全に明けちゃった！　って感じで、ベランダのカメラはご機嫌だったが人類としては今後の水不足がおおいに心配されます。

食事しながら先週に引き続いて見たのは「最近ではホンマ珍しいええドラマやで、絶対お姉ちゃん見よし」と妹が強く薦めたNHK番組『こんにちは、母さん』で、永井愛がもともと舞台のために書き下ろした同名戯曲を、舞台とほぼそっくりそのままにやるという、その意味でもきわめて珍しいTVドラマだった。

主人公の「母さん」と息子をこれも舞台と同じ加藤治子と平田満が演じており、老いてなお男と恋して同棲する女を演じた加藤治子の演技は二〇〇一年の舞台初演時でも驚嘆に値したが、六年後の今日になんと八十五歳（手元の古い『新劇名鑑』に大正十一年生まれとあった）になった女優が再びそれをしかも映像で見せてしまうというのだからスゴイ！　の一語に尽きる。同性としてはただただ脱帽するのみです。

六月一七日（日）　上方寿司、焼き野菜のサラダ

乗馬の帰りに東横のれん街でゲット。

クラブハウスでバリキャリのOさんが「これ買っちゃいましたよ〜」と見せたのはなんと拙著の『吉原手引草』で、時代小説とはおよそ無縁なタイプの彼女が「いやー面白い。昨日から読み始めて、ほら、もうあとちょっとなの」と残りの頁を示されたから、こっちもさすがに嬉しくなってしまった。「『アンアン』で表紙の写真見て、キレイだったんで思わず買っちゃった」のだそうだから、「アンアン」誌と装幀にはおおいに感謝しなくてはならない。

ところで今日は馬場レッスンでちょっとしたハプニングがあった。一列になって行進するレッスンでは先頭になりたがらない馬とか、♂が後ろに来るのを絶対嫌がる♀とかいろいろあって、そのつど順番を変えるのだが、今日は途中でコーフンした馬がいて、「あっ、まずい！　マリアの前に♀がいた」とインストラクターの女性が叫んだからこっちは一瞬？？？　マリアは名前通りの♀で、♀同士が並ぶのはフツーOKのはずなのだけれど、「マリアは最近どうしちゃたのか牝馬を見てその気になるんですよ」と聞いて、へー馬にはそういうことがあるんだ！　とチョイ驚いたのでした。

生物界には広く同性愛（と呼んでいいのかどうかは疑問だけれど）が存在し、ことに鳥類にはその報告例が多いようだが、雌雄の数に問題のあるケースがほとんどである。うちのクラブは♀は比較的少なくて、ほとんどが去勢した騸馬であり、ラティナ君という純然たる牡馬が一頭だけいて、彼は♀にまったくその気にならないので去勢を免れている。で、ラティナ君はどうやら生まれつき♀に興味がない♂だったようだが、マリアはこれまでそんな徴候もまったく見られず、このところ急に♀に対して発情するようになったらしい。別に特定の♀に対してでもないようなので、ええっ、それっていったいどういうこと？？？　と騎乗しながらしばし考え込んでしまったものです。

六月一八日（月）　鶏手羽中とアスパラガスのグリル

ＱＰで見た料理。手羽中は岩塩（たまたま前に原重役から戴いたモンゴルの岩塩を使ったが、この料理には粗塩よりも確かに岩塩のほうが合うと思います）、黒胡椒を揉み込んでグリルする。アスパラガスはそのままでグリルしたあと、粗挽きマスタードと塩と醬油と酢と油を合わせたマリネ液に漬け込んで、盛りつけでフレッシュトマトの千切りをトッピング。安あがりで簡単なわりに、ちょっとしたおもてなしにも使えそうなのでオススメしたい。

近ごろ民放ＴＶのニュース番組は年金問題のいろんな例を出してつないでる感じだから、私もここで一発というわけではないが（笑）、こないだの電話で妹が「お姉ちゃん、いっぺん調べてみてよ」と言ってきたのはわが両親の年金問題であります。実家が経営する「川上」は一応有限会社になっているので、当然ながら両親は厚生年金に入ってるものと思いのほか、なんと何も入ってなくて貰えない(!)ことが判明したが、年金番号はあるらしい。で、社長の母親は五年間くらい払い続けた時点で、わりあい親しく話していた社保庁職員の山崎さん(実名)に「こんなもんいくら入ってても、結局なんも貰えまへんで」と言われたので、以来、父の分もろとも支払いを止めちゃったんだそうである。てなわけで「そしたらその払ろた五年間の分はどうなんの?」と妹が訊いてきたのでした。果たして山崎さんはとても正直で、親切な人だったわけ?……とも思えるところが、この問題の怖さであります。

六月一九日(火)『氷屋来たる』

新国立劇場でユージン・オニール作/栗山民也演出の『氷屋来たる』を見た帰りに近所のバーガーショップで食事。

『氷屋来たる』はいわば『どん底』の米国バージョンといったスタイルで一九一〇年代のNY下町の安酒場を舞台にした群像劇だ。そこはかつて社会主義運動の闘士だった男たちや法律家になり損ねた男、汚職でクビになった警官等々人生に挫折してアルコール漬けになった男たちの吹きだまりと化している。年に一度必ず彼らの元に訪れ、酒をおごったりして喜ばせる陽気で活きのいいセールスマンのヒッキーは、今年に限って異様なくらい熱心に敗残者の彼らが再び立ちあがるよう説得に努め、さまざまな力を貸すが、その裏には彼自身が取り返しのつかない事件を引き起こしていたという背景があった。いったんは立ち直りかけて酒場を出て行った連中も、終幕ではすべて舞い戻ったなかでヒッキーの妻殺しという犯罪が明るみに出されるいっぽう、社会主義運動家の母親を持つ青年が孤独な死を遂げる。酒場の連中は自分たちがみなヒッキーの狂気に振りまわされたのだと感じて元の飲んだくれに安住し、ただひとり一貫して冷めた男ラリーが「人生という奴、俺には荷が重すぎる！　死ぬその日まで、物事の両面を憐れみながら眺めている弱虫な阿呆なのか！」と呟いて幕になるという、なんとも救いのないドラマはさすがにオニールの作品である。

　オニールに限らず、米国のシリアスな戯曲は登場人物それぞれが徹底的に孤独な「個」として人生に向き合う悲劇を描くが、それは日本人が見てカタルシスを得るのが非常に難しい芝居といわなくてはならない。今回は木場勝己、たかお鷹、大鷹明良、中嶋しゅう、若手では岡本健一といったそれぞれじつに芸達者な男優陣をずらりと揃えた

2007年6月

ことで、なんとか面白く見られたとはいえ、結果役者の芸比べに終始して演出サイドが芝居全体の流れやトーンを調整して明確な方向性を持たせるまでには至らなかった。主演ヒッキー役の市村正親はわりあい当を得たキャスティングで、近年になくいい演技を見せたと私は推したいところだけれど、卒論がオニールだったというのでご一緒した文春の内山さんは「正直いって市村さんの長ゼリフが始まったら私スイッチ切れちゃって、なんも頭に入ってきませんでした」とキツイことを仰言った。確かに妻との関係を長々と物語るいちばん肝腎のセリフはあまりにも単調で私も退屈した。ただし狂気と紙一重の表情や時折キラッと妖しげに光る眼が非凡な輝きを見せた点は高く評価したい。

六月二〇日（水）　いさきのソテー青のり風味

ＱＰで見た料理。ふつうにバターソテーしたいさきの下に市販の青のりを敷いて、粒マスタードと牛乳を合わせたソースをかけるだけ。牛乳はどうしても分離しやすいので生クリームを使ったほうがいいかも。もちろん牛乳のほうがあっさりしてカロリー少なめ。合わせてから塩で調味しアサツキか万能ネギの小口切りを加える。青のりは沸騰したお湯をまわしかけるだけでＯＫ。これがソースによく合って意外にオイシイ。

昨日の松濤温泉スパ爆発のニュースはけさ知った。シアターコクーンに行くと大きな看板が見え、へえーこんなとこにスパが出来たんだ！　うちに近いからいっぺん利用してみようかなあ、でもハイソな会員制だったりしてご縁がないかも……なんて思ってただけにビックリした。それにしても爆発音はものすごかっただろうし、自分がたまたまそこを通っていたらと思うとゾッとする。三人もの方が亡くなられたという大惨事には、松濤の奥様連もさぞかし眉をひそめてらっしゃることだろう。

そういえば松濤の住人である扇のママは爆発音を聞いたんだろうか？　聞くわけないよなあ、だってまだ国会やってんだもんなあ。早くハワイのコンドミニアムに行っちゃいたいだろうに、最後の最後に会期まで延長されてお気の毒ともいえるが、それにしても会期を延長した自民党は、夏休みに突入したらきっと反自民に流れがちの浮動票が減って、頼みの公明票がものをいう選挙になると思ってらっしゃいますわよね、きっと。

六月二一日（木）　豆腐とクレソンのサラダ

ＱＰで見た料理。豆腐にツナフレーク、玉ねぎスライス、トマト、クレソンをたっぷりトッピングして、ニンニクのみじん切りを熱した油と醤油を合わせたドレッシングをまわしかける。なにせ決め手となるクレソンが近所のスーパー二軒ともに売り切れてて、こういうことでヘンに向きになる私は駅近辺の巨大スーパーを併せて五軒もハシゴするという執念の捜索でめでたくゲットしました(笑)。

途中、駅前の広場に大きな人垣ができてるので何だろう？　と思って覗いたら、可愛らしい日本人の少女たちがハワイアンの唄とダンスを披露していて、隅の立て看を見たら「まちかどハワイアンライフ大会」の文字があった。私は皆目不案内なので何を唱ってるのかチンプンカンプンだったが、どうやらメジャーなナンバーを演奏していたらしく、百人前後いた見物人の相当数が手拍子をして一緒にハワイ語の唄を口ずさんでいたのはビックリだった。

今ちまたでハワイアンがけっこう盛りあがってるらしいとの情報は得ていたけれど、三茶の町だけでこんなに大勢のハワイアンファンがいるのがわかってブームは本物だと実感。それにしても今の東京のどこかで「まちかど日本舞踊大会」とかやって『娘道成寺』を流したところで口ずさめる人がいったい何人いるだろうか？　と考えて、和物ブームはいささか心もとない感じがしたほどであります。

六月二二日（金）　海老サラダ、おじや

海老サラダは東急Foodshowでゲット。おじやは昨日のご飯の残りで作りました。

お昼はポプラ社の矢内さんのお誘いを受けて、フランス著作権事務所の代表取締役カンタン・コリーヌ女史と渋谷のホテルで会食。

「日本語で駄洒落もさらりと言える、イイ人なんですよ」と矢内さんが仰言ったコリーヌさんは、日本の作家の小説を数多くフランスに紹介なさっていて、大江健三郎氏らの信頼も篤いという。そうと聞いてちょっと緊張したのだけれど、お会いするとじつに気さくな方で、お顔からも本当に優しいお人柄が窺えて、人の話をとても面白そうに聞いてくださるから、こちらも安心して本音でいろいろとお話しすることができた。

ところで何故お会いしたかというと、二〇〇〇年に日仏同時出版されたアンソロジー『東京小説』（紀伊國屋出版刊、現在角川文庫）の京都バージョンを二〇〇八年に刊行する予定で、矢内さんのほうから私に京都を舞台にした短編小説の依頼があって、コリーヌさんはフランスでの出版を請負い、かつ翻訳もなさってくださるそうなのである。むろん日本語はペラペラで、漢字もすらすら書けるといった方だから翻訳もなされるのだけれど、日本語の場合は漢字の文字遣いによってもニュアンスが微妙に違ってくるから

大変で、文章によってはやはりわざと古風なフランス語にしたりとか、テクニックもいろいろとあるらしい。書くほうも翻訳を前提にした書き方にするといくらなんでもまずいし、かといってまったく意識しないというわけにもいかないから、けっこうスリリングで興味深いお仕事になりそうである。

出版されたらぜひ一緒にフランスへ行って、パリの本屋に自分たちの本が並んでるところを見ましょうね、といって矢内さんとお別れしたあと、ふとガラパゴスのホテルで日本人作家の本がフロント前の書棚に並んでいたときのことを想いだした。それはたぶん旅行者が置き忘れていったものだろうが、他の日本人とまったく出会わなかった旅先だったので、見つけたときの驚きは非常に大きいものがありました。

六月二三日（土）　豚シャブサラダ

タレは練り胡麻、砂糖、味噌、豆板醤、味醂、醬油、だし汁を混ぜ合わせて作った。中身はゆでた豚しゃぶしゃぶ肉、水菜、キュウリ、玉ねぎ、トマト、スプラウト。

ＮＨＫの討論番組『日本のこれから』を見ながら食事。ニュースの続きでつい見てしまったが、今日のテーマは近年の労働をめぐる諸問題で、非正規雇用、成果主義、長時間労働、地域格差等の功罪が問われ、識者のコメンテーターも一般参加者も真っ向から対立し、そこに埋まりそうもない溝が横たわるのは明らかだった。肯定的な意見はおおむね「格差」がある経済優先の社会を容認する立場だし、否定的な意見はそうした社会自体が人間を破壊する恐れがあることを訴えているのである。

私個人はもちろん非雇用でかつ時間があってないような労働に勤しみ、おまけに努力と成果は必ずしも結びつかないし(笑)、心身を壊せばそれでオシマイのじつに不安定なキツイ職業に就いてるわけで、周りの編集者を見ていると、モノスゴイ長時間労働や会社間の賃金格差など諸問題を抱えつつも、「正規雇用」という一点において、今の世の中ではやはり比較的恵まれた方たちだという気がする。もっとも業界全体が長期のスパンで見て「沈みゆく(あるいはもう沈んじゃったのに気づいてない)タイタニック」なので、将来的に必ずしもハッピーハッピーとはいいきれないだろうけど、今はまあ好きなことやってんだからいいじゃない的ノリで皆さん頑張ってらっしゃるようだ。ただ、この好きなことだから的モチベーションは今の世の中で昔よりはるかに切実な意味を持っているのは確かだろう。それがないと、天下りのハシゴしてる役人や、選挙で勝つことしか考えてない政治家や、モラルのかけらもない企業家の氾濫する社会で心身を健全に保って生き抜くのはとても難しいように思う。

2007年6月

六月二四日（日）　五穀米弁当、もっちり豆腐

乗馬の帰りに東横のれん街でゲット。

きょう乗って怖かったのは馬ではなく、電車である。湘南新宿ラインで、乗ろうとしていた電車がまず少し遅れて渋谷駅に到着した。その前に現在八分ほど遅れているという構内アナウンスが流れ、原因は車内で異常音が発生したからと聞いて、まずイヤ〜な予感がした。途中かなりスピードアップしたらしく、渋谷駅は五分遅れで出発。乗り込んでしばらくは遅れたことなどすっかり忘れていつも通りの読書タイムに突入した。

私はこのところ編集者の方から、ちょうど自分の子どもくらいの年齢の作家の本を頂戴する機会が多くて、いずれも面白く拝読しており、今日はポプラ社の矢内さんから頂戴した西川美和監督の映画『ゆれる』の小説版に目を通していたが、赤羽駅を過ぎてから、本のタイトルがふと気になるくらい、電車がえらく「ゆれる」のである(笑)。しだいに本がぐらぐらして読めなくなり、窓の外を見ると通常よりも明らかにスピードが出てる感じで、そのうちガガガギーガガガガギーと金属の軋む音が異様に大きく車内に響きわたって、乗客が顔を見合わせる始末だ。とにかく祈るような気持ちで大宮駅まで我慢し、その間に音は鳴りやんでいたものの、気持ちが悪いので次の普通電車に乗り換

えてしまった。例の福知山線事故以来、電車にも昔ほど安心して乗ってられないのは困ったもんである。

六月二五日（月）　フレッシュトマトのアラビアータ

　相変わらず『キユーピー3分クッキング』で見たレシピ通り。まずニンニクと鷹の爪をオリーブ油で焦がさないようじっくり炒めたところに、湯むきして細かく切ったトマトをどばっと入れて二十分以上時間をかけて煮詰めたものがソースになる。仕上げにパセリのみじん切りを加え、塩と黒胡椒をきかせてこんがり焼いた豚薄切り肉をトッピング。形がなくなるまでトマトを煮込むのなら、缶詰かピューレを使ってもよさそうだけれど、生トマトを使ったらこんなにもプロの味に近づけるのか！　と大満足。面倒でも一から手作りしたら、ヘンな疑惑もなくて後味もよろしいようで(笑)。

　今日はＴＶ各局が朝昼晩のニュースでミートホープの牛ミンチ偽装問題を大きく報じ、「なんでも安ければ買う消費者も悪い」的な発言をした同社の田中社長に非難囂々《ごうごう》だったが、お前なんかに言われたくない！　と憤りつつ、それもある程度は当たっていると認めざるを得ないだろうと思う。買うほうはともかくも、本当においしいものを作ろうとしたら、絶対に儲かりっこない！　と、評判のわりにちっとも儲かってない料理屋の娘である私は声を大にして言わせていただきます(笑)。

六月二六日（火）　鰺の和え物、胡麻豆腐

和え物はＱＰで見た料理。三枚におろしてそぎ切りにしたアジの切り身とキュウリの千切り、白髪ネギを和えて生姜汁・醬油・酢・塩・胡麻油を併せたタレをかける。胡麻豆腐は市販のもの。

昨夜に続いてＮＨＫ・ＢＳで英国ドラマ『エリザベスⅠ世～愛と陰謀の王宮』の後編を見ながら食事。『クィーン』のエリザベスⅡ世役でオスカーを手にした名女優ヘレン・ミレンがⅠ世に扮した一見重厚なコスチュームプレイだが、内容的には「イングランドと結婚した」といわれる処女王の公然たる情事を描いた完全なメロドラマである。前編では永遠の恋人レスター伯にジェレミー・アイアンズ、後編では超年下の恋人エセックス卿にヒュー・ダンシーという、いずれも英国きってのイケメン男優を揃えたのはけっこうだが、ふたりに女王が惚れてるならともかく、ふたりのほうが女王に心底惚れてるらしい設定が見ていてどうも腑に落ちないのだった。

ヘレン・ミレンは確かに巧い役者で、コワモテのおばさんだから晩年のエリザベスI世役はほんとにピッタリだが、私より八つも年上なのに美形のジェレミーやダンシーとまで(!)情熱的なキスをしまくるのはやはり英国ドラマならではだ。もっとも英国ではヴァネッサ・レッドグレーヴが超美人女優だといわれているから、当然ヘレン・ミレンだって美人女優の部類なのだろう。私はその昔ロンドンに二か月ほどロングステイした折にTVドラマをちらちら見てたが、日本人の目で美人女優は皆無だった。まあダイアナよりカミラを選ぶ皇太子がいる国なのでそもそも美人の基準が違うのかもしれないけど、容姿よりも演技力を重視する国であるのは確かである。若いコを片っ端からどんどん使い捨てする日本や米国とはひと味違ったドラマ制作だとはいえ、見ているうちにこの役のヘレン・ミレンはあまりにもオイシイ！　ちょっと、ちょっと、おいし過ぎるじゃないか！　と余計なクレームをつけたくなったのでした(笑)。

六月二七日（水）　ミョウガのつくね、カマスの干物

つくねはだいぶ前にQPで見た料理を想いだして作った。ミョウガにつくねダネを巻いて電子レンジで蒸すだけなので、火を使わなくてすむ。つくねは鶏挽肉に酒と醤油を

少々混ぜて、卵、玉ねぎのみじん切り、片栗粉を加える。梅肉だれで食したが、味噌だれでも合いそう。カマスの干物は大家さんに頂戴した。NHK・BSで英国TVドラマ『第一容疑者』を見ながら食事。昨日さんざんクレームをつけたヘレン・ミレン主演のテニスン警視シリーズである。このシリーズは初放映された時にも見ているのに、また見てしまった。なんだかんだいって私はヘレンが好きなのだろうか(笑)。

六月二八日(木) 担々麵ほか

今夜は世田谷パブリックシアターで『国盗人』を見た帰りにスラッシュの進藤さん、守部さんと近所で食事。

『国盗人』は『リチャードⅢ世』の翻案で、『間違いの喜劇』で成功を収めた野村萬斎が演出・主演で新たに挑んだシェイクスピア作品である。狂言の演技術を活かして『リチャードⅢ世』を喜劇的に上演する試みだが、ひと口でいうと若い女性ファン向けを意識した「萬斎オン・ステージ」の感があって、萬斎自身の魅力は十分発揮され、蜷川演出の舞台に出ていたときよりものびのびと演じ、またリチャードⅢ世の役柄を一種の「道化」として客観的に捉えた演じ方も悪くはなかった。それはそれでよしとしても、演劇作品として見たときは評すに能わずといったところで、私としてはあまり多くを語りたくないのだけれど、「芸能」と「演劇」とは何かが大きく違っていて、萬斎はやはり所詮「芸能」のセンスの人だという気がすこぶるしたのであった。もっともシェイクスピアは近代戯曲ではないから今回のように萬斎一門と白石加代子の「芸能尽くし」といったかたちでの上演が許されないわけではないにしても、河合祥一郎の台本や演出のセンスはまったく戴けないし、志向する客層のレベルが低すぎるのである。同行した進藤さんがいみじくも語った「古典芸能の人にありがちなことなんだけど、チャチになっちゃうんだよね」との指摘は当たっていて、現代において古典芸能に携わる人間は「啓蒙」したいという気持ちをつねに抱えているために、孤高を気どらず自らが客のレベルに合わせようとしてしまう向きがどうしてもある。これはまた何をやってもそこに需要があってこそ意義があるとする「消費社会」がもたらした不幸ともいえるのであるが、古典芸能に限らずこうしてあらゆる文化がどんどんレベルダウンし、それを受け取る者がさらにまたレベルダウンしていく現象をどう考えたらいいのか、私は何やらうそ寒い思いで劇場をあとにしたのだった。

2007年6月

六月二九日（金）　鰻丼、ナムルサラダ

整体治療の帰りに東横のれん街でゲット。

このブログで私はしばしば自民党をボロクソに貶すが(笑)、それは岸↓福田↓安倍↓三塚↓森↓小泉↓現安倍政権と続く右寄りのラインを日本でこれ以上のさばらしておくのはいくらなんでもマズイからであって、戦後の中道保守を代表する宮沢喜一氏は昔からけっこう好きだったので、なんとかして一度お目にかかれないものかと思い、友人に相談したこともあるくらいだったが（会って何かを頼もうとしたわけじゃありません）、昨日とうとう他界された。やはりこういう時期だけにちょっとショックである。

この方はもちろんきわめて順調に立身栄達を遂げて最高位に就いた政治家だが、実力に比してイマイチ運に恵まれなかったという印象がある。そもそも一九八七年の中曾根裁定で竹下じゃなくてこの人が先に総理になっていれば、以後のあんなメチャメチャなバブルは回避できたし、国民が今よりもう少しはお利口でいられたような気がするくらいだ。一九九一年の総理就任は遅きに失する観があったし、一九九三年の不信任決議案が可決して退陣に追い込まれたときは、愚人は賢者の心を知らずというが、賢者もまた愚人の心が読めなかったという感じで、私は宮沢氏のある種の限界を見る思いがした。

歴史的に見てもこの国では泰平を謳歌しだすと利口な権力者はあまり歓迎されなくなるようで、育ちのいいボヤっとした人を優秀な人たちがしっかり支えるという特殊な権力構造を好むきらいがあるのだが、早大弁論部レベルの総理でも、東大出の官僚たちがしっかりガードしてるからニッポンは大丈夫だと思っていたのが大マチガイ！　だったことに今さら気づいても遅いのであった。優秀な官僚に欠如してるのは想像力であり、つまりはビジョンのない人たちが数字の辻褄合わせだけをして、それを代読する程度の頭脳しか持ち合わせのない政治家を抱える国はとても不幸としかいいようがないのだけれど、かえすがえすも八七年の中曾根裁定が痛恨の極みであり、あの時点が日本の不幸の始まりだと私には思えるのであります。

六月三〇日（土）　茄子と豚と筍の炒め物

夏の定番メニュー。油にニンニクを加え、甜麵醬、豆板醬、酒、砂糖、醬油で味つけ。豚バラ肉を先に炒めて取りだしておくこと。

今日の午後は六本木で開催されてる思文閣の古文書市に出かけるつもりだったが、片づけと掃除に夢中になって気がついたら午後三時！　汗だくになってしまったし、そんなにいいものが買えるほどのお金もないので、キャンセルと相成りました。

　昔は古文書の即売会によく出向いて、別に買わなくともどこかの図書館に行けば見られる程度の文献を手に入れて喜んだりしたものだが、二、三十年前に比べて諸物価ほど値上がりした気がしないのは、需給のバランスがそれなりに取れているせいだろう。まあナニを高いとし、安いとするかは人それぞれで、私なんかだと、ブランドのお洋服やバッグを買うお金があったら、こんなにいいもんが手に入るんですよといいたいところで（まあ持ってて意味がないのは両者似たり寄ったりですが）、即売会に出てくる古文書や絵巻や軸物の類はもちろんそれなりに値は張っても、目を剝くほどではなくて、無理したら買えないわけでもないくらいに設定されているからこそ商売が成り立つのであろう。で、前にカタログで見て、もちろん私ごときが買える代物ではないけれど、意外な安価で素晴らしい掘り出し物に思えたのは、かの元禄時代の立役者柳沢吉保の「書」を一軸に仕立てたもので、この人物らしい、流麗というよりむしろ華麗といいたいような筆捌きに圧倒された覚えがある。政治的評価とは別として、確かにある種の才人だったのがよくわかる「書」だ。「書」を見ると人柄がよくわかるような気がするのでその手のカタログによく目を通している私が純粋に「書」として欲しいと思った一軸でした。

ガラパゴス紀行　二月一二日〜一八日

出国でいきなりトラブル！

いやー、なんとか無事に帰って参りました。期待通り、いや、期待以上だといいたい、わが人生サイコーの観光旅行！！！　ガラパゴスはべつにカメ好きの方じゃなくても（笑）十分に楽しめる場所で、心配されたエルニーニョも現時点ではさほどの影響がないようだし、いろいろな意味で地球上にまだこんな楽園が残されていたことにほっとする思いでした。もし生きるのに疲れて人生をリセットしたくなったら借金をしてでも行ってみることをオススメします。日本の旅行代理店ATBを通じて現地の大手旅行会社にお任せした旅程はじつに考え抜かれたプログラムで、そこそこ高齢の方でもOK。ただし現地で日本語はまったく通じませんので、多少はスペイン語か英語に通じてる人との同行が欠かせません。今回はとくにオフ・シーズンだったせいか全日程で他の日本人とは一度も遭遇しない！　という珍しい旅で、同行した三人とも旅行経験はかなりあるほうなのに口を揃えてこんなことは初めてと洩らし、私もすっかりサビついた英語をムリクリ使うはめとなりました（汗）。

久々の成田空港でまず驚いたのは警備の物々しさ。で、いきなりひっかかってしまったのが酸素の缶詰です。立ち寄り先のエクアドルの首都キトが標高三千メートル近い高地なので、高山病を恐れて入手したものの、あえなく召し上げられて始末書にサインまでさせられ、テロ対策強化の実態を思い知るはめとなりました。さらに呆れたのがアメリカの入国審査の厳しさで、アトランタ空港でわずか二時間トランジットするだけなのに、靴まで脱がされてチェックを受けなくてはならず、今回行きも帰りもいちばん参ったのはこのアメリカを通過することだったと申せましょう(怒)。とにかくアメリカを通過したら機内にペットボトルを持ち込めるので、空港でようやくミネラルウォーターをゲットしたものの、五百ミリリットル入りがなんと二ドル三〇セントという超高値にはビックリ! とにかく腹立たしい限りの「安宅の関」でした。

日本からアトランタまでは十二時間。そこから約六時間かけてキトに着いたのは深夜で、飛行中ほとんど眠らずにいたのでぐっすり眠れるかと思いきや、なぜかまるでダメ。寝ようとしても急に息苦しくなって何度も目が覚めてしまい、空気が薄いのを実感。結局二時間ほどウトウトしただけで、翌日は早朝からキト市内観光が待っていました。

キトは当初単なる立ち寄り先でガラパゴスのおまけのように思って全然期待しなかったのですが、これがドッコイ、さすがに世界遺産になるだけあって、私が今までに見た世界の都市の中でもダントツに美しい町並みに文字通り目を奪われました。とにかく山中に拓けた街なので雪を戴いた高山の頂きが四方にそびえ立ち、旧市街地はことに至るところ急坂だらけ。そこにまさしく絵に描いたようなインディオの人たちがカラフルな衣裳でぞろぞろ歩いていて、ああ、私たちはホント南米に来ちゃったんだ……と、しばし呆然。町を歩いていると修道女がやたらと目につき、日曜日でもないのに教会には参拝者が大勢いて、カトリック信仰の盛んな土地柄だというのが如実に窺えました。

エクアドル料理初体験

美しいキトの町並みは一日中歩きまわっても見飽きないほどなのですが、残念ながら歩くのがとてもしんどくて、日ごろ健脚を誇る私でも五メートル進むごとに立ち止まらないと呼吸困難に陥る空気の薄さ。なのでコンパーニア聖堂、サンフランシスコ修道院、大統領府と数少ない名所見物だけで十分に満足し、そのあとは現地観光ガイドの車で二十キロ飛ばして赤道記念碑にたどり着き、以前グリニッジ天文台で経度ゼロ度線をまたいだ私は、これで世界征服が成し遂げられた！　と同行の皆様に豪語したのでありますが（笑）。ちなみに国名のエクアドルはスペイン語で赤道を意味し、国全体が赤道直下にありながら首都は標高が高いので気温が常春に保たれています。

夜は市内唯一（？）の公共交通手段であるトロリーバスに乗ってエクアドル料理を食べ

に出かけたものの、バスを降りてから歩くのがこれまた難行苦行で、ふつうなら十分やそこらで行けるところが三十分かかってもたどり着けない始末。結局、手近な店で妥協したものの、なにせ初物尽くしの食材や味覚に翻弄されてしまい、その店の料理がおいしかったのかまずかったのか、正直いって私にはさっぱりわかりませんでした。

レストランで戴いたのはエクアドル料理の典型的なセットメニュー。生の魚介類を入れた冷たいスープサラダのようなセビッチェは、コリアンダーが入っていてアジア系にやや近いとはいえ、やはりまったく初めての味覚。ゆでたホワイトコーンのサラダは最初ニンニクか百合根かと思うような食感でした。

ホテル近所のマーケットはカラフルな民族衣裳の宝庫。アジアでこうした場所だとやたらに押し売りされてしまうが、南米では幸いまだ日本人が金をばらまくというイメージがないためか、あるいはエクアドル人にあまり商売気がないのか、あるいは比較的国情が豊かなせいか、ここでもどこでも物売りや袖乞いにつきまとわれることはまったくなくて済む。ちなみに人口の四分の一が土着のインディヘナ、半分以上を占めるのがメスティソといわれる混血の国においては、血の混じり具合によって人の顔が驚くほどまちまちであり、際立った美形も目立つ。街角で露天商や行商をするのは比較的インディヘナかそれに近いとおぼしき人が多かったようです。

ゾウガメ、イグアナと遭遇

キトでは一種の高山病のせいか私はインソムニア状態で二日併せてウトウトした時間わずか三時間にもかかわらず、さほどの疲れは感じないまま早朝の国内線旅客機で一路念願の地ガラパゴスへ。冠雪の山を見ながら約二時間後には文字通り赤道直下の島にたどり着いてまずは陽射しの強さに恐れをなした。空港から即バスに乗って高原に。

ガラパゴスというとそれこそ『俊寛』の鬼界島のような絶海の孤島が想像されたが、実際はアスファルトで舗装された道路がちゃんと走っており、ただし車はほとんどないからバスは一本道を猛スピードで高原に向かって驀進する。で、舗装されていない狭い道に入り込んだ途端にブレーキがかかり、何が起きたのかと思ったらそこにゾウガメがのそのそと歩いていました。そこから私はもう完璧なガラパゴス・ハイに突入し(笑)、バスを降りて、とにかくいるわいるわのカメたちを激写しまくるも、途中で強い雨が降りだし、この日はロンサム・ジョージには会えずじまいでホテル入り。

滞在したベイ・フィンチ・ホテルはその名の通り海岸に隣接し、舟でホテルの桟橋に向かう途中「あっ、今ペリカンが海に突っ込んだ！」「岩場にアシカがいる！」「わーっ、イグアナが泳いでるじゃない！」と一行はコーフンのるつぼと化し、ホテル入りしてからも昂奮冷めやらぬ私と萩尾望都さんはプールでシュノーケリングの練習までする始末。お互い五十歳を過ぎてシュノーケリングは初体験ながら、ここへ来たらやらないわけにはいかないと思うほどに海の水は綺麗に澄んでいるし、一緒にホテルに滞在する人の中には欧米系の高齢者が多かったのであります。プールにはしょっちゅう水鳥が飛んで来て、自然をそっくり活かした佇まいながらも、室内やサービスは欧米風にすこぶる洗練されており、食事は予想した以上においしく戴けました。

アシカのいる島へクルージング

ガラパゴス第一夜でようやくたっぷり熟睡できた私は翌一五日早朝からのかなりハードなクルージングでもまったく船酔いせず、一行の三人が眠りこけるのを尻目にひたすらビデオカメラを回しながらサンタフェ島に向かう。ここはホテルのあるサンタクルス島の南東に位置する大きめの島で、降り立った浜辺にはアシカのハーレムが存在し、ちょうどラブラブシーズン真っ盛りとあって♂の鳴き声があたりに響いていた。浜辺から岩場を這い登ってウチワサボテンの群生する砂漠地帯に突入。見馴れるとなんでもないが、海を背景に巨大なサボテンがそそり立つ風景はとても奇妙で、サボテンの下には色鮮やかな陸イグアナがそこかしこでぼーっとしている（としか言いようがない）。

ガラパゴスを愛する人びと

初シュノーケリングでは、クルーザーの熱心な指導もあって望都さんも私もめきめきと上達し、美しい熱帯魚ばかりでなく岩場に近づいてアシカの赤ちゃんを激写するなど、かなりの成果を挙げて意気揚々と帰途に就く。しかしながらこの日の夕方はさすがに望都さんがダウンして眠り続けたまま晩ご飯を欠席。残り三人での食事となる。

ツインが二十室しかないホテルの宿泊客はほぼ半数近くがクルーズ船に同乗してアクティビティをともにするが、キトから私たちと一緒になったポルトガル系ブラジル人の老夫婦とはともに不自由な英語を使いながら、かなり親密なコミュニケーションを交わし合うようになった。弁護士の息子と薬剤師の娘がいるこのご夫婦は、無口で亭主関白風のご主人と、明るくてフレンドリーな人柄でありながら、あくまでもご主人を立てて尽くしているといった感じの奥さまで、昔の小津映画に出てくるような日本の良き夫婦を彷彿とさせ、独身女性の集まりであるこちらが見ていてもなんだかじつに心が和むのだった。ほかには若い娘ふたりと息子を引き連れてきた米国アイオワ州の農家兼実業家の陽気なご夫妻、かつてブロードウェイで歌手をしていた女性とそのパトロン(?)とおぼしき老いたニューヨーカー女性のふたり連れ、元教師で今はひとりで世界中を旅しているという中年のアメリカ人女性、はるばるジェノバからやってきた仲むつまじいイタリア人の家族や長年米国に住む韓国系の女性たちなどなど、本当にさまざまな人びとで成り立ち、ことさら自然環境保護活動に邁進する運動家といった感じではなくて、ただひたすらリゾート地ガラパゴスをエンジョイしてる雰囲気だった。「あなた方はなぜこのガラパゴスに来たのですか?」という肝腎のことはついに誰にも訊けずに終わったのだけれど、いずれも気さくな人柄で言葉の壁を乗り越えて互いにコミュニケーションを取ろうとする熱意に溢れていた。人びとをそうさせる何かが壮大なガラパゴスの自然にあったのは確かである。

生と死が共存するテーマパーク

一六日も早朝からのクルージングでサウスプラザ島に向かい、またもやアシカの群生する岸壁を通り抜け、見かけが山口県の秋吉台とよく似た大地に足を踏み入れたとたん、海イグアナと陸イグアナがごちゃ混ぜになってそこら中にいるので踏んづけないように注意して足を運ばなくてはならない。小さな島の反対側は断崖絶壁でそこら中にさまざまな水鳥の巣がある。「ルック! クリーニング!」と自然ガイドの男性が叫ぶので、何だろう? と思ってよくよく見たら、フィンチ(ガラパゴスで雀のようによく見かける小鳥。ダーウィン進化論の根拠として有名）が海イグアナをクチバシでつついて膚のお掃除をしてやってるところだった。ほかにも水中ダイビングした瞬間のカツオドリとか、いろいろドラマチックなシーンを目撃しながらも、素人カメラマンの哀しさで撮影が間に合わない(涙)。前夜にぐっすり眠って完全復活を遂げた望都さんはこの日もまたシュノーケリングに挑戦してすっかりハマった様子である。

帰りは皆でサンタクルス島の町に出かけて茶店でソフトクリームを食べたり、土産物店でショッピングを楽しんだ。町にはスーパーもあり、地元の人が大勢いて、いずれもなんだか気楽そうに暮らしてる感じだ。ガラパゴスの観光客はひとりあたり百ドルの入島税を支払うので、島民は皆それなりに豊かに暮らしていけるのだろう。

二日間のクルージングを通じて、コレって何かに似てるなあという気がしつつ、私が想いだしたのはディズニーランドのアトラクションだった。そう、このガラパゴスのクルージングは「ジャングルクルーズ」を百倍もスケールアップして、違いはすべてナマモノであるという点だが、ガイドさんのノリや観光客の楽しみ方や何かはディズニーランドとそうは変わらないのである。「こんなんでいいんでしょうかねえ」と言いだしたのは一行中最若年の友人で、私も首を傾げる点が少なくはなかったものの、最終的には「やっぱりこういうやり方しかなかったんじゃないの」との結論に達した。

そもそも自然を保護する思想は欧米的な考え方であり、それなりに豊かな人間の生活が保障されて初めて成り立つものだ。放っておいたら、この島のリクガメやイグアナや珍鳥の数々はすべて入植者の邪魔者として駆逐され、あるいは剝製にされて先進国で売りさばかれたにちがいない。そうさせないためには先進国の観光客にお金を落とさせるよう、この島を巨大なテーマパークに仕立てるほかなかったのである。世界遺産第一号となったこの島のありようは今後のモデルケースとして非常に重要であり、おそらくそこになんらかの問題点が多々あろうけれど、そばに近寄る人間をまったく恐れずぼーっとしている動物たちを見るかぎりにおいては案外巧くいってるようにも思えるのだった。

もっともディズニーランドとの決定的な違いはアシカやイグアナの死骸を人目につく場所に放置してある点だろう。いうまでもなく同じ島にはそれらの死骸を好餌とする鳥や虫がいる。「生」と「死」はつねに隣り合わせにあって、「死」はまたかならずや他の「生」に役立つことを目の当たりにできるのがこの超自然派テーマパーク最大のウリといってもいいのではないか。

出来すぎのペンギンたち

一七日は前日よりも一時間早い出発で、ホテルからいちばん遠いバルトロメ島に向かった。ここは溶岩が剝きだしで数々の奇岩を形成し、三百六十二段の階段を登って山頂に立つと絶景が待ち受けていたのであるが、赤道直下の登山はさすがに厳しいものがあって途中で棄権した人も出た。私たち四人はなんとか喰らいついて登頂し、ここで私は日ごろの健脚を発揮しながらガイドのパブロ氏にぴたりとくっついて、できるだけ積極的にお話を伺った。陽気な南米人の中にあってやや暗めの印象を与えた彼は数年前までIBMに勤めていたそうで、百八十度違う自然ガイドに転身した理由についてまでは訊き洩らしたが、それなりに思うところがあったのだろう。ああ、こういうときにもっと語学ができれば突っ込んで話し合えたのになあ、と今でも残念でならない。

絶景の眺望のあとに待ち受けていたのはなんとペンギンである！　お正月のTV番組でたしかほとんどが死滅したように言ってたから、まず見ることはできないと思っていたのに、私たちのボートが近づく場所に一羽がしばらくじっと立っていて、ボートが離れると同時に海中に潜ったので「これってヤラセじゃないの！」と言いたいくらいであった(笑)。ペンギンを見たあとは例によってのシュノーケリングで、私の泳いでいるそばをすうっとアシカが通り過ぎたが、もうそんなことでは動じなくなってる自分に驚いてしまう。ペンギンを見損なった人たちと一緒にふたたびボートで出かけると、今度は数羽がさまざまなポーズで並んでいて、中にズルッと海に足を滑らせて笑いを取るのがいたりして、これもヤラセだったりするとスゴイなあと思ったのでした。

ダーウィンの島で「人間」を想う

ガラパゴス最終日はダーウィン研究所でお待ちかねのロンサム・ジョージとご対面！ところが望都さんの友人が前日の疲れかついにダウンしてタクシーで病院に向かうはめとなる。いちばん年若な友人が英語に堪能だったから助かったが、日本語がまったく通じない先でのこうしたハプニングはやはり怖い。もっともツアーメンバー全員が「彼女は大丈夫か？」と私たちを気づかい、いろいろと手伝ってくれたのはまさに We are the world を地でいく感じで、非常にいい体験をさせてもらった気がする。たまたま皆さんとてもいい人たちの集まりだったということもあるだろうけれど、一方で圧倒的な大自然を前にすると人間はお互いに助け合おうとする気分が強まるのだとも思えた。ガラパゴスに来て強く感じたのが動物の素晴らしさもさることながら、人間もけっして捨てたもんじゃないということだったのは私にとっていい意味での皮肉であった。

かくしてガラパゴス諸島をあとにした私たちはエクアドル最大の都市グアヤキルのホテルでしばし休憩をしてから深夜便でアトランタに向かうも、空港でまたしてもお土産に買ったラム酒を召し上げられて、さらには再度の呼出しを受け、目の前でトランクを開けられてひっかきまわされるという悪夢のような目に遭ってしまった。これすべてテロや薬物の侵入を恐れるアメリカの用心深さだと思うにつけても、こうした世の中にしてしまった原因について思いを馳せずにはいられなかった。

人間はけっして捨てたもんじゃないのだけれど、その人間がつくり出した社会のシステムはもう行くとこまで行って限界に近づいていることだけは確かだろうと思う。人類に未来があるかどうかはこれからの人間が次の一歩をどう踏みだすかにかかっている。私よりも若い人たちや、若い子どもを持つ親御さんたちには、現状の枠組の中でなんとか陽当たりのいい場所を探そうとするようなセコイ根性を持たず持たせずに（かりに持ってもいずれ共倒れになるのは知れてるのだから）、何とぞ遠い未来があることを信じて今日ある社会の枠組とは違う方向へ目を向け、心を傾けてほしいと願わしくなる。これがダーウィンの進化論の舞台となった島を訪れた私の感想であります。

進化論のガラパゴス

Moto Hagio 萩尾望都

チャールズ・ダーウィンはガラパゴス諸島の多様な生物を見て
生命の樹？
陸イグアナはうまいよ
ゾウガメも美味だよ
自然淘汰による進化論を思いついた

松井今朝子《まついけさこ》さんから
ガラパゴスに旅行に行きませんかとメールがあった
あそんでェ
今朝子さんは大のカメ好きで
ガラパゴスゾウガメを見たい！
松井今朝子
大江戸亀奉行日記
カメの本まで書いてる
「吉原手引草」で第137回直木賞を受賞
ガラパゴスといえば世界自然遺産の第一号（一九七八年）
26歳の若きダーウィンは博物学者としてこの島を訪れ
生物は神様が創造した変わらないもの…のはず？
なのに
島ごとにフィンチやゾウガメのデザインが変わるのはなぜ…？
5週間滞在してのちに『種《しゅ》の起源』を書いたのだ
ちなみにガラパゴスはスペイン語で「巨大カメ」のこと
昔一度行きそこねていた私は
行く！
どこ〜〜？あたしも行きたい〜い
やだトカゲやカメしかいないもん
マルン
しかも出発日は2月12日ダーウィンの誕生日だ
ケサコ
編集ウッチー
マルン
ハギオ
成田空港で今朝子さん酸素缶を没収となる
これはダメです
え──キトに二泊するのに
標高二八五〇m

Quite Ecuador
まずアトランタへ それからエクアドルの首都キトへ
今朝子さん出発前日徹夜ですって？
ヒコーキで眠るから
La Mitad del Mundo
今朝子さんヒコーキで眠らない
キトで二泊 ホテルでも眠らない
なんか眠くないの！
なのになぜ元気？
0°0′0″の赤道(エクアドル)をまたぐ
Guaraquil
キトから港町グアヤキルへ
さらにガラパゴスへ
いよいよだ〜〜 やっとだ〜〜
さすが遠いよね〜〜
ガラパゴスは95%が国立公園だ
Islas de Galápagos
ベルトラ島の空港で入島税一人100ドル払って
花もタネも持ちこんじゃダメよ
さらに港から船に乗り継いで
今朝子さん疲れてない？
サンタ・クルス島へ
Santa Cruz
ぜんぜん！
Baltra
90%が生物圏保護区のサンタ・クルス島を行く 大きなカルデラがある
標高864m
二つもあるよ火山跡
ここら高原ムードだよォ
ガラパゴス諸島は300〜500万年前に生まれた若い火山諸島だ 東のイザベラ島の火山はまだ噴火している

そのカルデラ近くのハイランドでバスを降りて
ゾウガメを見に行きます
カメだわカメだわ
静かに
出会えるかどうかは運しだいだって
カメしだい?
カメだのみ
の し
いた〜〜〜っ!!
Giant Tortoise
ガラパゴスゾウガメだ!
シー
パク
わぁ……
今朝子さんの念力が通じたのか何匹ものゾウガメに出会った

着く早々
ゾウガメが見られて
ああ みんな
とても満足
島の南の町
プエルト・アヨチに
着いて さらに
岬のホテルへ
さっき雨だったのに――
港町は晴れてるね――
きゃーっ
あんなとこにアシカが!
え――っ
こんなとこに海イグアナが!
ン?
きゃ――っ
ドカン
サボテンが~~っ
マルン激突!
フィンチ~~
何を見てもおもしろい
アヒル~~~
一行はハイである
泊まるのは
フィンチも飛んでくる
フィンチ・ベイ・ホテル
食事は
ややスペイン風の
フルコース
この日は
バレンタイン
盛りだくさんの一日目だね――
カンパーイ
アボガドとイセエビ
アイスクリーム
今朝子さん
ゾウガメに
出会えて
やっと
じゃあ明日――
深い
眠りにつく
おやすみなさい――

フィンチ・ベイ・ホテルから
一行は毎日海に出る
デイクルーズだ！
シュノーケリングもできるって!!
ホテルで借りた
今日行くのはアシカの島サンタフェ
過密にならないよう少人数のグループで島に行きます
Santa Fe (Bairington)
国立公園の認定を受けたナチュラリストガイドと共に行動する
船からゴムボートに乗って島へ
ドドドド
桟橋などないので足をぬらして海辺へ！
ウエットランディングである
ばしゃばしゃ
Wet landing

アシカがお出迎え!!
うわぁ! うわぁ!
もも もちろん あんまり 近よっては いけない
Sea Lion
だれ──?
てててっ
だれ──?
きゃあ── 人間を 怖がん ないよ──
かわい〜 子供 だ──
ざっぱーん
アシカに さわっては いけません
人間の 臭いが ついたら 母アシカは 子供に お乳を やらなく なります
沖に いるのは オスです

ガイドに案内されて島をめぐる
この杭（トレイル）の間を歩くように
ここは自然が主役人間はあくまでゲストですから
Blue-Footed Booby
あ――アオアシカツオドリだ――
Brown Pelican
ペリカンだ――
アシカが昼寝しています
これはソルトブッシュの木
エッ
うるさいワネ
Sea Lion
Marine Iguana
こんな上の方までアシカが登ってくるんですか？
ハイ
考えてみれば肺呼吸だものね
アシカのベビーの骨です
生後3週間ぐらい
エッ！
ママが海から帰ってこなかったのでしょう
自然が主役なのでそれなりにキビシイ
ざっぱーん
ナムアミダ

翌日もクルーズ今度はサウス・プラザ島へ
ウチワサボテン形がちがうね？
枝が下の方からついてる
岩だらけの岸辺なので足を濡らさず上陸
Dry landing
South Plazas (Plazas sur)
空にはカッショクペリカン
オオグンカンドリ
つぶれそうなくらい近い
陸には陸イグアナ
ツヤツヤした岩ねみょうに平たい
この岩の道は海から上がったアシカが歩いた道です
何万年もかけてこのようになりました
ヒェー
サボテンの実を食べるイグアナが
かわいい
あぐあぐ
Land Iguana

Bartolome (Bartholomew)

毎日が冒険と勉強の日だ
次の日はバルトロメ島へ
サンチャゴ島
すごいねー溶岩が塔になってる
火山灰の地肌の上に
ヨウガントカゲ
緑のティキリアが広がっている
展望台まで昇るのがキツイ〜〜〜
ま…まだ上があるの〜〜〜
眺めがいいですから——
確かに眺めはいい そして静かだ
カメ岩です
青い湾が美しくてウットリする
さっきの塔
エッ アレ?
自然の造形は何のために美しいんだろう
ウットリするため?
誰も見ていなくても自然はただ美しい……

Lava Lizard

文明人の
私は
文明に
甘やかされ
船の中で
ランチを食べ
ホテルで
食事をして
街の
スーパーで
買い物を
したり
してるのに
自然も
自然の
生物も
買い物など
しない
(あたりまえか)
船のコック
自然の中で
生きている
生物に
感動する
午後は
ペンギンを
見に行き
まーーす
あそこら
へんに
いるかな
見られるか
どうか
わかりませーん
しかし
ペンギンはいた
まるで
待っていた
かのように
ん――?
熱帯に住むのは
ガラパゴス
ペンギンだけ
体が小さい
すごいー
ちょーど
見やすい
ところに
いてくれて
るーー
きゃっ
きゃっ
ここに
立つよう
指示され
てた?
エキストラ
みたいに!
野生の
ペンギンと
すっ
野生でない
人間が
自然の海で
出会う…
この幸福
Galapagos Penguin

ガラパゴスに来て初めて体験したシュノーケルも
アプププ
だんだん上手くなる
ハギオさんこっちに魚いるよ——
今朝子さんはマイシュノーケル
浅い岩棚の海草を食べる青い魚の群れ
波によせて引いてゆれる
モグモグ
私もゆれる
ゆれる
魚だった太古の記憶が
波に引き出されてゆく

Puerto Ayora
さて……ホテルの近くのプエルト・アヨラの町は
おみやげ屋がいっぱい
夕食前に買物へ
農家でつくっている
ガラパゴスコーヒーがある！
イグアナのぬいぐるみだァ
この店ではディスカウントしてくれない
他の店ではしてくれたのに——
ノ——
ノー
たくさん買ったのにー
あのおばさんケチだねー
ケチなおじさんでしょ
ソーヨ
えっ！おばさんだよ！
ピアスしてたし
ウソー
男の人ですよ！
確認のため再び店へ
アノー一緒に写真いいですか？
え——
え——
あっムネがない
男だった
お兄さんだった

盛りだくさんの
4泊5日の
ガラパゴスの日々
今日は
ダーウィン研究所を
見学して
お昼の飛行機で
発つ
あ——
帰る
のかー
10日ぐらい
いた
気分だねー
マンゴー
ジュース
おいしー
ダーウィン
研究所へは
船で
15分
あっ
イグアナが
泳いでいる！
最近は
ハイブリッドで
陸と海イグアナの
特性を持ったのが
出てるらしいよ
樹にも
登るし
水にも
潜れる
進化か？
へー
船に酔ったァ
さいごなのに
ダーウィン
研究所に
ロンサム・
ジョージくんが
いる
もうわしゃ
おじいさん
なんじゃよ
ピンタ島の種の
最後の一匹の
ゾウガメ
だという
この種は
ジョージくんで
終わり？
ああ…
ジョージ
くん
ジョージを
ひとめ…
フラ〜
種の激減は
人間の乱獲による
かわいい
ダーウィン
研究所では
多種の
カメの卵をかえし
カメの子を育て
各島に帰している
うぷぷ
ダーウィン
研究所で
吐く
マルン
朝食
食べすぎ？
あう〜
船酔い〜
ゲロロ

脱水症状を起こしたマルンは空港の医務室でおしりに注射を打たれてしまった
ピーー
ハイ水
飛行機乗れる？
ガラパゴスにおいてくわけにもいかないし…
ガラパゴスから無事グアヤキルに着いて町のスーパーでラム酒を買う今朝子さん
おみやげにー
空港の税関で没収される
液体は持ち込めません
手にもってはダメ
あーーッ忘れてた
一万円分が
グアヤキル空港ロビーで便を待ってると
ぐー
みやげが
え？
日本人こちらへ来てください
なぜか階段を下りて荷物置き場へ
くらいよ〜
あんたたちのトランクだね？
トランク調査をされる
ヨイショ
テロ対策のためカギはかけてない
20分ほどでロビーに返される
マヤク？
日本人なんかしたのか？
カメを隠してると思われた？
飲みかけのお茶がテーブルにおかれたままだった
今朝子さんは免税店でラム酒を買いなおす
だいじょうぶでございます
やっと没収されないですんだわ
よかったねー
チエがついた
進化したね
TAX

2月18日にガラパゴスを発ち
2月20日にやっと帰ってきた
夏の国から冬の日本へ
のんびりできたねーー
ああ…
ガラパゴス…
帰ってからガラパゴスの記事がよく目に付く
へぇーー
よかったねぇ
なんとイザベラ島でロンサムジョージくんと似た遺伝子を持つゾウガメが見つかったらしい
そして保護されてるにもかかわらず
ガラパゴスゾウガメは今でもこっそり狩られてるらしい……
絶滅が心配されてるのに…
ガラパゴスゾウガメがどうぞあの楽園でいつまでも暮らせますように
カメにだって天国があっていい
点在する島々のひとつひとつに
祝福を
イグアナだよ
ア

おわりに

二〇〇二年にスタートして、はや六年。一年三六五日ほぼ休むことなく、夕飯に食べたものを書き続けたブログ「今朝子の晩ごはん」。いやぁ〜、それにしてもよくぞこんなに毎晩ちがうものを食べつづけ、よくぞこんなに言いたい放題言うなあと我ながらビックリで、文庫化にあたって文字量の多さにも啞然としたのでした。

解説に代えて、ガラパゴス旅行をご一緒した萩尾望都さんの素敵なマンガ紀行を掲載させていただきました。快くご了承くださった萩尾さんに、心から御礼を申し上げます。

なお、今回の二〇〇七年一〜六月分を第一弾として、秋には、怒濤の二〇〇七年後半の記録をポプラ文庫より刊行の予定です。地道にじっくり小説に取り組んでいたはずの私がいったい全体どんな騒動に巻き込まれるか、乞うご期待(苦笑)!

松井今朝子

二〇〇八年四月

本書は、ブログ「今朝子の晩ごはん」二〇〇七年一月〜六月の日記を、文庫オリジナルとしてまとめたものです。文庫化にあたり加筆修正を行いました。

編集協力　株式会社スラッシュ

今朝子の晩ごはん

松井今朝子

2008年4月5日　第1刷発行
2008年4月26日　第2刷

発行者　坂井宏先
発行所　株式会社ポプラ社
〒一六〇-八五六五　東京都新宿区大京町二二-一
電　話　〇三-三三五七-二二一二（営業）
〇三-三三五七-二三〇五（編集）
〇一二〇-六六六-五五三（お客様相談室）
ファックス　〇三-三三五九-二三五九（ご注文）
振　替　〇〇一四〇-三-一四九二七一
ホームページ　http://www.poplar.co.jp/bunko/
フォーマットデザイン　緒方修一
印刷・製本　凸版印刷株式会社

N.D.C.914/256p/15cm
ISBN978-4-591-10298-5
落丁・乱丁本は送料小社負担でお取り替えいたします。
ご面倒でも小社お客様相談室宛にご連絡ください。
受付時間は、月～金曜日、9時～18時です（ただし祝祭日は除く）。